U0454225

春潮NOV+

回
　　到
分
　歧
　　的
路
口

我与世界挣扎久

日本文学名家十讲

上辑

厌倦做人的日子
太宰治

日本文学名家十讲

我与世界挣扎久

杨照 著

中信出版集团 | 北京

图书在版编目（CIP）数据

厌倦做人的日子：太宰治 / 杨照著. -- 北京：中
信出版社，2023.9
（日本文学名家十讲：我与世界挣扎久）
ISBN 978-7-5217-5638-8

Ⅰ.①厌… Ⅱ.①杨… Ⅲ.①太宰治 - 文学研究 - 文
集 Ⅳ.①I313.065-53

中国国家版本馆CIP数据核字(2023)第068714号

厌倦做人的日子： 太宰治
（日本文学名家十讲 05：我与世界挣扎久）

著　　者：杨　照
出版发行：中信出版集团股份有限公司
　　　　　（北京市朝阳区东三环北路27号嘉铭中心　邮编　100020）
承　印　者：河北鹏润印刷有限公司

开　　本：880mm×1230mm　1/32　　印　张：5.5　　字　　数：100千字
版　　次：2023年9月第1版　　　　　 印　　次：2023年9月第1次印刷
书　　号：ISBN 978-7-5217-5638-8
定　　价：45.00元

总序

看待世界与时间

*

京都是一座重要的"记忆之城",保留了极为丰富的文明记忆。罗马也是一座"记忆之城",但罗马和京都很不一样。

罗马极其古老,到处可以感觉其古老,但也因此和现代的因素常常出现冲突。例如观光必访的特雷维喷泉"许愿池",大家去的时候不会有强烈的违和感吗?古老而宏伟的雕刻水池被封闭在逼仄的现代街区里,再加上那么多拿着手机、相机拥挤拍照的人群,那份古老简直被淹没了。

或者是比较空旷的罗马古城,那里所见的是一大片显现时间严重侵蚀的废墟,让人漫步在荒烟蔓草之间,生出"眼看他起高楼,眼看他楼塌了"的无穷唏嘘。在这里,只有古老,没有现代,没有现实。

罗马、佛罗伦萨、威尼斯这些城市里,基本上记忆归记忆,现实归现实,在古迹或博物馆、美术馆里,我们沉浸在历史文明记忆中,走出来,则是很不一样的当前现实生活环境。相对地,在京都或巴黎能够得到的体验,却是现实与历史的融混,不会有明确的界限,现代生活与古老记忆彼此穿透。

我的知识专业是历史,我平常读得最多的是各种历史书籍,因而我会觉得在一个记忆元素层层叠叠、蓦然难以确切分辨自己身处什么时空的环境中,能产生一份迷离恍惚,是最美好、最令人享受的。

　　二十多年来，我一再重访京都，甚至到后来觉得自己是重返京都。我可以列出许多我想去、应该去，却迟迟还没有去的旅游目的地，其中几个甚至早有机会去但都放弃了。内蒙大草原、青藏高原、瑞士少女峰、北欧冰河与极光区，这几个地方都是大山大水、名山胜景，但也都没有人文历史的丰富背景。好几次动念要启程去看这些自然奇观，后来却总是被强大的冲动阻碍了，往往还是将时间与旅费留下来，又再回到巴黎或京都。

　　我当然知道在那些地方会得到自然的震撼洗礼，然而我的偏执就表现在，一想到平安神宫的神苑，或是从杜乐丽花园走向卢浮宫的那段路，我的心思就又向京都、巴黎倾斜了。我还是宁可回到有记忆的地方，有那座城市的记忆，然后又加上了我自己在那座城市里多次旅游的记忆，集体与个体记忆交错，组构了在意识中深不可测的立体内容。

*

　　京都有特殊的保存记忆的方式，源自一份矛盾。京都基本上是木造的，去到任何建筑景点，请大家稍微花几分钟驻足在解说牌前，不懂日文也没关系，光看牌上的汉字就好了。你一定会看到上面记载着这个地方哪一年遭到火烧，哪一年重建，哪一年又遭到火烧然后又重建……

　　木造建筑难以防火，火灾反复破坏、摧毁了京都的建筑、街道。照道理说，木造的城市最不可能抵挡时间，烧毁一次会换上一次不同的新风貌。看看美国的芝加哥，一八七一年经历了一场大火，将城市的原有样貌完全摧毁了，在火灾废墟上建造起新的现代建筑，才有了我们今天所认识的这个芝加哥。

京都大量运用木材，一方面受到自然环境影响，旁边的山区适合生长可以运用在建筑上的杉木；不过另一方面更重要的，是文化上模仿了中国的先例。中国传统建筑以木材而非石材构成，很难长久保存，使得留下来的古迹，时代之久远远不能和埃及、希腊、罗马相提并论。中国存留的古建筑，最远只能推到中唐，距今一千两百年，而且那还是在山西五台山的唯一孤例。

伴随着木造建筑，京都发展出一种不曾在中国出现的应对策略，那就是有意识地重建老房子。不只是烧掉或毁损了的房子尽量按照原样重建，甚至刻意将一些重要建筑有计划地每隔十年、二十年部分或全部予以再造。

再造不是"更新"，而是为了"存旧"。不只是再造后的模样沿袭再造前的，而且固定再造能够保证既有的工法不会在时间中流失。上一代参与过前面一次建造过程的工匠老去前，就带着下一代进行重造，让下一代也知道确切、详密的技术与工序。

这不是由朝廷或政府主导的做法，而是彻底渗入京都居民的生活习惯。京都最珍贵的历史收藏不在博物馆里，而在一间间的寺庙中。每一座寺庙都有自己的宝库，大部分宝库都是"限定拜观"，一年只开放几天，或是有些藏品一年只展示几天。最夸张的，像是大觉寺（侯孝贤电影《刺客聂隐娘》的拍摄取景地）有一座"敕封心经殿"，里面收藏了嵯峨天皇为了避疫祈福所写的《心经》，每逢戊戌年才会开放拜观——是的，每六十年一次！

我在二〇一八年看到了这份天皇手抄的《心经》。步入小小藏经殿堂时，无可避免心中算着，上一次公开是一九五八年，我还没出生，下一次公开是二〇七八年，我必定不在这个世界上了。这是我毕生唯一一次逢遇的机会，幸而来了。如此产生了奇特的时间感，一种更大尺度的历史性扑面而来的感觉。

*

就像爱德华·吉本（Edward Gibbon）在罗马古迹废墟间，黄昏时刻听到附近修道院传来的晚祷声，而起心动念要写《罗马帝国衰亡史》，我也是在一个清楚记得的时刻，有了写这样一套解读日本现代经典小说作家作品的想法。

时间是二〇一七年的春天，地点是京都清凉寺雨声淅沥的庭园里。不过会坐在庭园廊下百感交集，前面有一段稍微曲折的过程。

那是在我长期主持节目的台中"古典音乐台"邀约下，我带了一群台中的朋友去京都赏樱。按照我排的行程，这一天去岚山和嵯峨野，从龙安寺开始，然后一路到竹林道、大河内山庄、野宫神社、常寂光寺、二尊院，最后走到清凉寺。然而从出门我就心情紧绷，因为天公不作美，下起雨来，气温陡降，而且有几个团员前一天晚上逛街时走了很多路，明显脚力不济。我平常习惯自己在京都游逛，合理的做法应该是改变行程，例如改去有很多塔头的妙心寺或东福寺，可以不必一直撑伞走路，密集拜访多个不同院落，中午还可以在寺里吃精进料理，舒舒服服坐着看雨、听雨。但配合我、协助我的领队林桑[1]告诉我，带团没有这种随机调整的空间。我们给团员的行程表等于是合约，没有照行程走就是违约，即使当场所有的团员都同意更改，也无法确保回台湾后不会有人去"观光局"投诉，那么林桑他们的旅行社可就要吃不完兜着走了。

好吧，只好在天气条件最差的情况下走这一天大部分都在户外的行程。下午到常寂光寺时，我知道有一两位团员其实体力接近极限，只是尽量优雅地保持正常的外表。这不是我心目中应该要提供心灵丰富美好经验的旅游，使我心情沮丧。更糟的是再往下走，到了二尊院门口才知道因为有重要法事，这一天临时不对游客开放。在当时的情况下，这意味着本来可以稍微躲雨休息的机会也被取消了，大家别无办法，只好拖着又冷又疲累的身子继续走向清凉寺。

清凉寺不是观光重点，我们到达时更是完全没有其他访客。

---

1 桑：日语音译，"先生"。（本书注释如无特别说明，均为编者注。）

也许是惊讶于这种天气还有人来到寺里参观吧，连住持都出来招呼我们。我们脱下了鞋走上木头阶梯，几乎每个人都留下了湿答答的脚印，因为连鞋里的袜子也不可能是干的。住持赶紧要人找来了好多毛巾，让我们在入寺之前可以先踩踏将脚弄干。过程中，住持知道我们远从台湾来，明显地更意外且感动了。

入寺在蒲团上坐下来，住持原本要为我们介绍，但我担心在没有暖气、仍然极度阴寒的空间里，住持说一句领队还要翻译一句，不管住持讲多久都必须耗费近乎加倍的时间，对大家反而是折磨。我只好很失礼地请领队跟住持说，由我用中文来对团员介绍即可。住持很宽容地接受了，但接着他就很好奇我这位领队口中的"せんせい"（老师）会对他的寺庙做出什么样的"修学说明"。

我对团员简介清凉寺时，住持就在旁边，央求领队将我说的内容大致翻译给他听，说老实话，压力很大啊！我尽量保持一贯的方式，先说文殊菩萨仁慈赐予"清凉石"的故事，解释"清凉寺"寺名的由来，接着提及五台山清凉寺相传是清朝顺治皇帝出家的地方，是金庸小说《鹿鼎记》中的重要场景，再联系到《源氏物语》中光源氏的"嵯峨野御堂"就在今天京都清凉寺之处。然后告诉大家这是一座净土宗寺院，所以本堂的布置明显和临济禅宗寺院很不一样，而这座寺庙最难能可贵的是有着中空躯体里塞放了绢丝象征内脏的木雕佛像，相传是从中国漂洋过海而来的。最后我顺口说了，寺院只有本堂开放参观，很遗憾我多次到此造访，从来不曾看过里面的庭园。

说完了，我让团员自行参观，住持前来向我再三道谢，惊讶于我竟然对清凉寺了解得如此准确，接着又向我再三致歉。我一时不知道他如此恳切道歉的原因，靠领队居中协助，才弄清楚了，住持的意思是抱歉让我抱持了多年的遗憾，他今天一定要予以补偿，所以找了人要为我们打开往庭园的内门，并且准备拖鞋，破例让我们参观庭园。

于是，我看着原本未预期看到的素雅庭园，知道了如此细密修整的地方从来没打算对外客开放，那样的景致突然透出了一份神秘的精神特质。这美不是为了让人观赏的，不是提供人享受的手段，其自身就是目的，寺里的人多少年来，几十年甚至几百年间，日复一日毫不懈怠地打扫、修剪、维护，他们服务的不是前来观赏庭园的人，而是庭园之美自身，以及人和美之间的一种恭谨的关系，那一丝不苟的敬意既是修行，同时又构成了另一种心灵之美。

坐在被水汽笼罩的廊下，心里有一种不真实感。为什么我这样一个深具中国文化背景的台湾人，能在日本受到尊重，能够取得特权进入、凝视、感受这座庭园？为什么我真的可以感觉到庭园里的形与色，动中之静、静中之动，直接触动我，对我说话？我如何走到这一步，成为这个奇特经验的感受主体？

在那当下，我想起了最早教我认识日语、阅读日文，自己却一辈子没有到过日本的父亲。我想起了三十年前在美国遇到的岩崎教授，仿佛又看到了她那经常闪现不信任、怀疑的眼神，在我身上扫出复杂的反应。

*

我在哈佛大学上岩崎老师的高级日文阅读课，是她遇到的第一个中国台湾研究生。我跟她的互动既亲近又紧张。亲近是因她很早就对我另眼看待，课堂上她最早给我们的教材立即被我看出来处：一段来自村上春树的《且听风吟》，另一段来自日文版的海明威小说集《我们的时代》。她要我们将教材翻译成英文，我带点恶作剧意味地将海明威的原文抄了上去。她有点恼怒地在课堂上点名问我，刚发下来的几段教材还有我能辨别出处的吗。不巧，一段是川端康成的掌中小说[1]，另一段是吉行淳之介的极短篇，又被我认出来了。

从此之后岩崎老师当然就认得我了，不时会和我在教室走廊或大楼的咖啡厅说说聊聊。她很意外一个从台湾来的学生读过那么多日文小说，但另一方面，她又总不免表现出一种不可置信的态度，认为以我一个非日本人的身份，就算读了，也不可能真正理解这些日本小说。

每次和岩崎老师谈话我都会不自主地紧绷着。没办法，对于必须在她面前费力证明自己，我就是备感压力。她明知道我来修这门课，是不想耗费时间在低年级日语的听说练习上，因

1　掌中小说：又译"掌小说"，日本文学概念，指极为短小的小说。

为我的日语会话能力和日文阅读能力有很大的落差，但她还是不时会嘲笑我的日语，特别喜欢说："你讲的是闽南语而不是日语吧！"因此我会尽量避免在她面前说太多日语，坚持用英语与她讨论许多日本现代的作家与作品。

她不是故意的，但是一个中国学生在她面前侃侃而谈日本文学，常常还是让她无法接受。愈是感觉到她的这种态度，我就愈是觉得自己不能放松、不能输。这不是我自己的事了，对她来说，我就代表中国台湾，我必须争一口气，改变她对于中国人不可能进入幽微深邃的日本文学心灵世界的看法。

那一年间，我们谈了很多。每次谈话都像是变相的考试或竞赛。她会刻意提及一位知名作家，我会提及我读过的这位作家的相应作品，然后她像是教学般地解说这部作品，而我刻意地钻洞找缝隙，非得说出和她不同，同时能说服她接受的意见。

这么多年后回想起来，都还觉得好累，在寒风里从记忆中引发了汗意。不过我明白了，是那一年的经验，让我得以在历史的曲折延长线上培养了这样接近日本文化的能力。我不想浪费殖民历史在我父亲身上留下，又传给了我的日文能力，更重要的是，我拒绝自己因为中国人的身份，而被认为在对日本文化的吸收体会上，必然是次等的、肤浅的。

于是那一刻，我有了这样的念头，要通过小说家及作品，来探究日本——这个如此之美，却又蕴含如此暴烈力量，同时还曾发动侵略战争的复杂国度。这不是一个单纯的"外国"，而是盘旋在中国台湾历史上空超过百年、幽灵般的存在。

在清凉寺中，我仿佛听到自己内心如此召唤："来吧，来将那一行行的文字、一个个角色、一幕幕情节、一段段灵光闪耀的体认整理出意义吧。不见得能回答'日本是什么'，但至少能整理出叩问'我们该如何了解日本'的途径吧。"我知道，毋宁说是我相信，我曾经付出的工夫，让我有这么一点能力可以承担这样的任务。

*

写作这套书时，我有意识地采取了一种思想史的方式来讲述这些作家与作品。简而言之，我将每一本经典小说都看作是这位多思多感的作家，在自己所处的时代中遭遇了问题或困惑后因而提出的答案。我一方面将小说放回他一生前后的处境中进行比对，另一方面提供当时日本社会的背景及时代脉络，以进一步探询那原始的问题或困惑。如此我们不只看到、知道作者写了什么、表现了什么，还可以从他为什么写以及如何表现的人生、社会、文学抉择中，受到更深刻的刺激与启发。

另外，我极度看重小说写作上的原创性，必定要找出一位经典作家独特的声音与风格。要纵观作家的大部分主要作品，整理排列其变化轨迹，才能找出那种贯穿其中的主体关怀，将各部小说视为对这主体关怀或终极关怀的某种探测、某种注解。

在解读中，我还尽量维持了作品的中心地位，意思是小心避免喧宾夺主，以堆积许多外围材料、高深说法为满足。解读必须始终依附于作品存在，作品是第一位的、首要的，我的目的是借由解读，让读者对更多作品产生好奇，并取得阅读吸收的信心，从而在小说里得到更广远或更深湛的收获。

抱持着为中文读者深入介绍日本文学与文化的心情，重读许多作家作品，又有了一番过去只是自我享受、体会时没有的收获——可以称之为"移位抚情"的作用。正因为二十世纪的现代日本走了和中国几乎对立、相反的道路，日本人民在那样的社会中所受到的心灵考验，反映在文学上的，看似必定与我们不同，然而内在却又有着惊人的共通性。

他们看待世界的方式，尤其是他们看待时间在建设与毁坏中的辩证，和我们如此不同。然而，被庞大外在时代力量拖着走，努力维持个人一己生命的独立与尊严性质，这种既深刻又幽微的情感，却又与我们如此相似。阅读日本文学，因而有了对应反照的特殊作用，值得每一位当代中文读者探入尝试。

在这套书中，我企图呈现从日本近代小说成形到当今的变化发展，考虑自己在进行思想史式探究中可能面临的障碍，最后选择了十位生平、创作能够涵盖这段时期，而且我有把握进入他们感官、心灵世界的重要作家，组织起相对完整的日本现代小说系列课程。

这十位小说家，依照时代先后分别是：夏目漱石、谷崎润一郎、芥川龙之介、川端康成、太宰治、三岛由纪夫、远藤周作、大江健三郎、宫本辉和村上春树。每位作者我有把握解读的作品多寡不一，因而成书的篇幅也相应会有颇大的差距。川端康成和村上春树两本篇幅最长，其次是三岛由纪夫，当然这也清楚反映了我自己文学品味上的偏倚所在。

虽然每本书有一位主题作家，但论及时代与社会背景，乃至作家间的互动关系，难免有些内容在各书间必须重复出现，还请通读全套解读书目的朋友包涵。从十五岁因阅读川端康成的小说《山之音》而有了认真学习日文、深入日本文学的动机开始，超过四十年时间浸淫其间，得此十册套书，借以作为中国与日本之间复杂情仇纠结的一段历史见证。

目录

前言

解读死亡的
多样性意义

我一直记得听到罗宾·威廉姆斯自杀的消息时心头猛然纠结的痛。我当然知道电影里所呈现的角色和演员的真实人生可以有多大的差距，不过另一方面，我也总相信一个演员能演好什么样的角色，能让角色活灵活现地说服、感动观众，应该也和他的真实个性与真实信念，有一定的紧密关联吧！

而罗宾·威廉姆斯，他不只是好莱坞一流的喜剧演员，永远恰如其分地守住戏剧和闹剧之间的微妙界线，即使为观众带来大笑时，都能维持自我与角色的理性平衡，不会过火成了扭曲的丑角；他更是出演《死亡诗社》《心灵捕手》而留下了近乎不朽的形象。他最有说服力的形象就是一位同时具备强悍和温柔能力的导师，能够将人从混乱、绝望的状态中拉回来，看到或重新看到生命的美好，显露出藏在看似无意义的偶然下的美好，像是敲开了灰黑多棱角的石质外壳，让人突然与底下一道由钻石反射的光直面相遇，那前所未见的光射入眼睛、射入来不及设防的灵魂，瞬间改变了一个人对生命的印象、看法，由负面颓丧转为正面欣悦。

这样的人，自己也失去了活下去的力量吗？难道他过去在电影里感动我们的演出都是假的？我无法如此单纯理解：那个自杀死去的才是真正的罗宾·威廉姆斯，曾经为许多人提供真实生命慰藉与帮助的大银幕上的罗宾·威廉姆斯是假的。浮现在我心中的，是另外一幅生命图像，应该有同等真实的两个罗宾·威廉姆斯吧！一个热切活着，不断在生活中寻找许多积极意义；另一个则带着强烈的死亡意志，思考着要跨越生命的终极边界，到似知又似不可知的另一边去。他的生命一直处于两股力量、两种人格趋向的拉锯竞争中。

关键在于：驱动自杀的究竟是什么？一般的、简单的看法认为那是一个人失去了活下去的意志，也许是没有足够的勇气，也许是感受不到足够的诱惑动机，也许是屈服于太强烈的痛苦。也就是自杀死亡作为一种负面的存在、一种失去光的黑暗状态，是生之意志的匮乏。自杀死亡本身没有内容、没有分量，只等同于"不能再活下去"。

然而在曾经认真涉猎、整理从弗洛伊德、荣格、阿德勒、弗洛姆、马尔库塞到拉康的欧洲精神分析思想理论的过程中，我清楚感受到生死之间有更为复杂的内涵；或更普遍地说，什么是人的生命，什么是活着的状态，远比一般人的印象与想象复杂多了。弗洛伊德提出了对于"死亡意志"的观察与理论，开拓了一个极大的领域，逼着人们重新思考像自杀这样的行为。

我们不该继续维持对于死亡的单向度图像，只从"生之意志"一边来看待、来估算，认为最重要的现象就是人对于生命、对于活着有着多强烈的动机，从最高的活力充沛，到最低水位时的干涸枯竭，死亡不过就是失去了活着的动力。

至少要将这样的图像调整为双面互动、消长、拮抗，我们才有机会碰触、描述人之所以为人更根本的内在。一面是正常

4

的活着的欲望，另一面则是对于死亡的想象、来自死亡或高或低的诱惑。这两项因素形成了纠缠扭结的关系，不是简单的此消彼长。有些人的"生之意志"与"死之动机"同样处于高亢状态，或有些人长期既没有要积极活着也不觉得要走向死亡，这两种情况都很有可能发生、存在。

当我读到一度轰动、震撼台湾社会的《房思琪的初恋乐园》时，心中有另一份不一样的刺痛。我读到了一个陷入这种生死拉锯的灵魂，她自己不知该如何抵抗来自死亡彼端的强大拉力，她明明在作品中发出了近乎嘶喊的求救之声，然而在她身边没有人知道该如何帮助她梳理生死冲激的动态变化，帮助她在那中间找到一种平衡。她没有遇到一个像电影里由罗宾·威廉姆斯饰演的那种心灵导师，她自己也没有来得及从类似精神分析的知识中得到力量，来对应极端的灵魂骚动。

我书写关于太宰治的解读内容，和这些事件、这些思考有着密切关系。有一段时间台湾书市中突然出现了许多太宰治的小说译本，阅读太宰治似乎一时蔚成风气，尤其是《人间失格》声名大噪。

诚实地说，无论在生命意态或小说美学上，太宰治其人其作都和我自己有相当大的距离，但绝对不能因为个人偏好而否定、抹杀太宰治其人其作的特殊文学与历史地位。然而在重读、细读太宰治的过程中，我同时看到了当下诸多台湾评论者、读者的阅读意见，难免反复干扰，引出我内在、真实的

5

不安。

最大的问题就在于如何看待太宰治与死亡的关系。我经常困扰：对于一个和死亡关系如此密切的作家，要吸收、了解他笔下的生命情态，我们可以不先探讨、思考那构成小说永恒底色的复杂死亡意义吗？倘若忽略了死亡是有意义的，太宰治对待死亡有着和一般人非常不同的态度，我们如何趋近他的小说作品？甚至可以更激烈地问：我们可能真的读懂太宰治的小说内涵吗？

这样的环境里，这样的心情驱动下，在这本书中，我花了大部分篇幅，不是具体分析太宰治的作品，而是从更广阔也更纠结的角度探问死亡的多样性意义，最后才将这些讨论整理聚焦，提供为《人间失格》的关键背景。这本书因而不是一般的文学分析，不是集中聚焦在太宰治身上，而是从《人间失格》发散出去碰触生死之际多面向现象的思考，希望能将明明如此惊人的死亡意志重新放回太宰治的作品中，让更多人看到，得到更多尊重，乃至为更多人提供面对生活困境时一条或许可以通向幻奇花园的小径。

第一章

太宰治的
创作背景

不与时人弹同调

经典作品的第一项重要特性——它们是在不同时代产生、出现的书，是旧书。阅读经典的意义之一，在于这些书不是为现在的读者而写的。尽管每一年都有那么多新书出版，但相较于经典，甚至相较于普遍的旧书，新书太单调，以至于我们不得不读旧书。

有那么多新书还太单调？这个论断来自很简单的事实：只要是新书，即使是我自己现在正在写的这本书，写作中作者总会很清楚地意识到读者是谁，因而选择了想象中可以吸引读者，让读者读得进去、读得懂的语气、形式来写。于是所有的新书就必然带上了这种共同的时代腔调，背后有着基本的假设——为当代的阅读环境而写的。

不管现在的世界多么热闹、丰富，和人类在历史上曾经累积过的经验与情感相比，我们都还是浅薄的。旧书被写出来时，作者的心中没有、不可能有我们这样的读者，也就绝对不会带上那种迎合当代读者的腔调。要"不与时人弹同调"是很困难的，每一代都只有那种真正的高才，非常敏感、非常特殊的作者，才有办法依凭主观努力，摆脱当代的阅读习惯，去创造出不受当代读者预期限制的作品。相对地，每一本旧书却都轻轻松松就必然具备这样的性质，作者不需要任何的自觉，不费任何的努力，自然就写出了我们这个时代写不出来的内容。

经典还不只是旧书。所有的经典都是旧书，却不是所有的旧书都是经典。经典是经过严格淘汰后，仅存留下来的旧书。

时代和社会的变化一直不断将旧的事物抛掷丢弃，那是极为残酷的过程。曾经出现、曾经存在过的书籍中，只有极少数能在残酷的淘汰后留下来。这不是我们能选择的，绝大部分的旧书都消失了之后，到我们这个时代，只剩下寥寥可数的几本，和不断产生的巨量新书形成强烈对比。

经典有这样的双重性，一方面来自一个很不一样的时代、社会，完全没有要替我们设想、要和我们沟通；另一方面却从内容中透显出一些离开了特定的时空环境条件，还能有效对我们说话，冲击我们，让我们感动的讯息。

经典一方面保留了那个古旧时代的特定性质，另一方面又有着不受时间变化影响，我们能够领悟、接受的经验或思想或感受。

阅读与观影

我们正在快速流失阅读的习惯与能力。阅读是一种态度，来自人类文明中累积的和文字之间的关系。这不是任何一个人的选择或锻炼，而是源自几千年的人类历史经验，到我们这个时代早就明确固定下来了。

文字可以保留、转译已经消失的经验、思想与感情，但用的是一种奇特、间接的方式。经验者、思考者或感受者必须先将经验、思想、感受转写为一套抽象符号，是这套符号抵抗了时间留传下来。阅读就是面对文字，领受文字中含藏的讯息。

首先，你需要学会符号的对应关系，了解一个个符号的意义，如果没有学习过这套符号，你就看不懂，接受不到里面的讯息。接下来，你还不能只是被动地接受文字，必须动用自己的经验与感受能力，在心灵中重建、重现文字所记录的内容。

我们可以完全被动地观赏现在的许多"娱乐大片"。导演用声光给你什么，你照单全收就好了，观影过程中可以彻底不动用大脑，不动用记忆或推理。但文字不允许这样，文字太间接了，有很高的门槛，面对文字、吸收文字讯息时，我们不得不打起精神来，以比较谨慎、严谨而且主动的态度来应对、解读。

这也就是为什么很多经常沉浸在影音节目中的人，一看到书就忍不住打呵欠。的确，读书比看影片对心灵的要求高多了。书上有"悲哀"两个字，那是抽象的两个符号，要让这两个符号产生意义，你必须唤醒自己曾经有过的悲哀经验或感受，不然这两个字就没有意义，你就被这两个没有意义、空洞的字卡住了，读不下去。

关于经验、思想、情感的描述中，有太多太多的词语，太多太多的句子，太多太多的表达变化，如果你不愿意或不懂得召唤、动员自己的内在心灵蓄积，就跨不过门槛，进不了那个丰美的世界。

从运用文字，享受文字的功能、效果中，人类有了阅读这件事。专注地动用自己的内在经验、思想、感受资源来和文字符号对应，让那些符号变得对你自己有意义，这样的过程来自和文字、书籍的交接互动，却不限于用在文字、书籍上。"阅读"比"读书"的含义更广更普遍，意思是你可以用同样认真、专注、主动的态度去读画、读照片、读音乐、读一座教堂，甚至读一个人。

追随文学的电影

关键在于什么是值得我们阅读的。并不是所有用文字写成的东西都值得阅读、经得起用阅读的专注认真态度审视。值不值得阅读的性质，形成一个光谱，一端是完全不会刺激我们任何主动内在思想与感受的，另一端则好像无论你多么用心不断去挖掘、体会，都总是能在下一次的反复阅读中得到新的、不同的收获。

光谱的一端是像《美国队长》那样的电影，那是没有要你多想多感受，也不可能花时间费力气去看第二次的电影。你只需要，也只能舒服地半靠躺地，被动接受电影画面声音传递来的固定讯息，好人坏人清清楚楚，该紧张还是该放松的剧情清清楚楚，最后的结局没有任何悬念，就这样。

这是现在大家习惯看到的电影，养成了大家看电影理所当然的态度。然而还有一些电影保留了从旧传统里来的旧风格，像是《化妆师》，或是滨口龙介的《偶然与想象》那样的电影。电影《偶然与想象》第一段中，先让我们看到两个女人在出租车上的对话，画面和声音都过去了，然后我们突然理解原来对话中含藏了一段只有其中一个女人理解了的秘密，于是要继续看电影，我们不能让刚刚看过的对话段落就过去了，必须在心中将它重新召唤出来，记忆一番，并且对照接下来要发生的事。这对照不是在眼前的银幕上发生的，只能靠观众自己在心中整理进行。

电影在十九世纪的最后时刻，由卢米埃尔兄弟发明。今天去到巴黎，还能在巴黎歌剧院旁边的路上，找到当年他们第一次放映电影的地点。那时候巴黎是全世界的文化、艺术之都，那个时代氛围中，文学尤其占据了最主要的文化、艺术中心位置。电影诞生在那样的环境中，很自然地"认贼作父"，在文学的庞大阴影下成长，将自己视为文学的后裔，以文学为典范、榜样来建构个性。

所以电影也要追求复杂与暧昧的多层意义表达，好的电影不能一眼被观众看穿，要能提供让观众反复思考咀嚼的形式与内容。好的电影给不一样的人看，每个人应该会有不同的想法、不同的感受，得到不同的自我人生投射经验。

电影模仿文学，或说电影套袭了文学的性质与标准。在那几十年间，电影要求观众去"阅读"，能够刺激专注阅读反应的，才被视为好电影，才能成为经典电影。

不过这样的时代在一九九〇年左右结束了。我们可以说在那段时间中电影醒过来了，意识到自己就是电影啊——明明不是用文字写的文学，为什么要模仿文学，追求那种阅读的效果？

电影是声光影视，可以瞒天瞒地将观众包围，强势地主导、控制观众，彻底取消观影过程中的主动思考与感受。电影可以全程操控，让所有的观众在同一个地方笑、同一个地方哭、同一个地方疑惑、同一个地方得到同样的解答。这是电影最独特、最擅长的，也是和文学最大的不同之处，具备文学做不到的效果。

从此之后，电影讲究的不再是刺激观众主动主观介入，去体会理解，而是让观众被动接受一套固定的情绪引导。电影的标准改变了，于是大部分的主流电影，不再需要被"阅读"，甚至都变得不值得被"阅读"，明显地在光谱上朝那简单的一端挪移了。

经典作品中的现代性

回头说一下《化妆师》这部由安东尼·霍普金斯和伊恩·麦克莱恩两位老牌演员主演的电影。不只演员资深，这部电影本身也有深远的来历，源自罗纳德·哈伍德所写的小说，而且早在一九八三年就曾经被改编拍过电影。一方面是来自文字的渊源，另一方面是在我刚刚提到的电影转性之前所发生的事。

《化妆师》设定在第二次世界大战的历史背景中，一个专门演莎剧（莎士比亚剧作）的剧团，在德军轰炸伦敦的紧张气氛中，他们坚持继续演出，坚持伦敦人不被德国人破坏正常生活的尊严。这位专业的莎剧演员，要冒着被空袭轰炸的危险，演出他一生中的第二百六十七次《李尔王》。

这样一部电影和《美国队长》或《釜山行》有什么不同？像是来自两个世界的东西。如果对莎士比亚没有概念，无法感受《化妆师》，你不可能进入这个"第二百六十七次扮演李尔王"的剧情设定。一个到了迟暮之年的演员，快要被反复出演李尔王弄疯了，他的疲惫、他的抗拒，我们要能了解，才能进一步知道陪伴、伺候他三十年的化妆师如何在他濒临精神崩溃的情况下照顾他、哄着他、刺激他，让同样冒着空袭危险坚持来看戏的伦敦市民不会失望。

化妆师几度对剧院经理说："我们不退票、不延期、不取消演出。"那不只是剧团的传统，不只是剧团和戏院出于生计的考虑，还有英国人的骨气与尊严因素，正因为面对德国人空袭，如果取消演出就变成了向德国人的炮火威胁屈服。

电影放在这样的背景中展开，有很多讯息不是电影直接提供的，但正因为这样，不同的观众有不同的准备，《化妆师》就能引发不同的反应，刺激不同程度的感动。这是适合以阅读的方式来面对的电影，可以让我们从阅读中摆脱千篇一律、千人一面的无聊现代群体生活，得到一种个人、自我的多样性保证。

来自异时代环境的经典作品，提供给我们进行"双焦"阅读的机会。一方面这是旧书，旧书有旧书的陌生性质，请不要理所当然地将作者看成是和我们一样的人，他不是，他是一个来自远方的陌生人，阅读时你首先不能把他当作隔壁老王，不能把他写出来的内容读成是隔壁老王会说出来的。

所以我们要聚焦于这部书形成的时空环境，这位作者活在那个环境中的特殊遭遇，还有，他的特殊困扰、疑惑；还要弄清楚，在那样的一个社会中，他是为了什么样的读者，是为了一群和我们很不一样的人而写的。

这是聚焦于经典的异时空、异质性。而另一方面，不同的时代产生过那么多不同的书，绝大部分都消失不见了，为什么偏偏是这本留了下来呢？经过一百年、两百年甚至更久，显然写书时原本预期的读者都死去消失了，作者也不在世上了，但这本书必定吸引了新一代的读者，一代一代有读者接力阅读，这本书才可能穿越时间，留传到我们手上、眼前。

所以另一个焦点在于：书中有什么内容能够吸引一代一代不同处境中的读者，让他们都对这本书有感应，都觉得阅读这本书有收获、有意义，甚至有必要？这跨越不同时代不同世代的共同讯息是什么？很显然，创造出跨越时空阅读体会的内容，必然要碰触到某种普遍的人性，或人的普遍处境，既然是普遍的，当然我们也在其中，我们也会遇到。

大致以十九世纪为分界点，从那之后，全世界各个不同的传统社会，陆续都经历了"现代转型"，变成了现代社会。最早转型的，是受到法国大革命冲击的欧洲，从一七八九年到一八四八年，各方面的革命彻底改造了欧洲的环境。然后以欧洲为开端的现代潮流，随着西方帝国主义的发展，传播到全世界各地，没有任何一个国家、任何一个社会，得以避开这样的改造，包括日本以及中国。

今天我们当然是活在一个"现代"环境中，我们视之为理所当然，但有时候太理所当然了，以致很少去思考、去追究如此决定我们具体日常生活的"现代性"到底是怎么来的，又包括了哪些内容，用什么方式包围束缚着我们。

要了解"现代"的来历，当然不能靠阅读《论语》、《伊利亚特》或《源氏物语》，而是需要从十九至二十世纪一些比较"年轻"的经典中去汲取滋养与灵感，重建"现代转型"的过程，拥有得以看清楚自身生活环境的眼光与视野。

日本的"脱亚入欧"之梦

太宰治本名津岛修治，出生于一九〇九年，比芥川龙之介晚了十七年，十七年的差距足以使他们两人在日本历史上分属两个不同的时代。芥川龙之介是一位"大正作家"，他幸运地活跃在大正年间，芥川龙之介去世的一九二七年，不只换上了昭和年号，日本历史也开始了大转弯。

一般通行的叫法是"大正民主时代"，而对应于"大正民主"，从一九二六年开始的昭和时期，最大的特色是军国主义兴起，导引向日本对外侵略，发动了愈来愈激烈、愈来愈难收场的战争。

关于这段剧变，必须远溯更早的明治维新，日本以急切的心情开始了大幅西化的历程。受到西方势力威胁与屈辱后，日本先是选择了"尊王倒幕"，将德川幕府推翻了，接着"王政复古"——政治权力交回天皇手中后，积极地"一面倒"学习西方、引进西方文化，彻底改造日本。

日本明治维新前三十年的变化，幅度与速度都极为惊人。对比一八四〇年发生鸦片战争的中国，一直到一九一九年的五四运动，八十年间和西方进行的种种交涉、引进的西方元素对社会的影响，都还比不上日本这三十年。

日本在一八九四年击败了中国，一九〇五年又在日俄战争中取得胜利，证明了明治维新的正确与成功。到这时候，他们才终于可以稍微放慢西化改造的步调，回过神来检验一下过去三十多年中到底发生了什么事，日本变成了什么模样，经过西方文化洗礼后的自己又究竟成了什么样的人。从明治后期进入"大正民主"，可说是日本逐渐消化"维新"情境、作用的阶段。

明治后期，日本人的自信心高涨，最突出的表现，是福泽谕吉提出的"脱亚入欧"口号。日本人当然不可能真的将自己的岛屿搬到欧洲去，但在意识上，他们认为自己有机会可以和欧洲列强平起平坐，进入列强的权力体系。

刺激日本人追求"脱亚入欧"的，其中有强烈的中国情结影响。一方面在亚洲中国是大国，是理所当然的老大哥、领导者；另一方面，清政府却又积弱不振，成为欧洲人觊觎欺压的对象，那么与其在亚洲期待中国振作或被中国拖累，不如索性走另外一条完全不一样的道路，告别有中国而无进步的亚洲，争取成为欧洲国家中的一员。

一九〇五年取得对俄国战争的胜利，是日本最接近实现"脱亚入欧"梦想的时刻。得以击败庞大的欧洲强权，证明日本不容轻忽的实力。然而"维新"所带来的自信心，此时升到最高点，再也推不上去，转而开始滑落了。

首先，日俄战争的胜利和甲午海战很不一样，日本只从俄国那里得到了少额的军费补偿，没有任何割地赔款，而且诉诸战争本是为了中国东北的利权，战事也都在东北境内进行，然而仗打完了，签订的合约中日本仍然要被迫同意与俄国共同开发东北。日本不得不认清，胜利只是建立在打败了远道而来的俄国波罗的海舰队的基础上，如果继续打下去，日本自身将付出无法预期的巨大代价，还没有必胜的把握。换句话说，日本只是"惨胜"，拿到一纸合约保住了面子。

其次，日俄战争的庞大耗损，重伤了扩展太快的日本经济，引爆了战后的种种社会动荡。日本人不得不放慢西化改革的脚步，正视明治维新带来的负面冲击。

"浮士德精神"的危机

太宰治出生时，日本正面临经济停滞的问题，还有快速工业化带来的劳动力失衡、新兴资本家把持政治等诸般骚动，那也就是"大正民主"现象的时代背景。从明治时代立定志向要一心一意向西方现代"一面倒"，转而感受到强烈的彷徨迷疑，不得不让人探问：日本的未来是什么？日本接下来该走哪一条路？

"大正民主"的另一个时代背景，是一九一四年爆发的第一次世界大战。战争在欧洲爆发，主要的参战国是德国、奥匈帝国、法国、英国和俄国，原来也称为"欧战"，后来却扩大成为前所未见的"世界大战"。从"欧战"到"世界大战"，中间的关键在于帝国主义与殖民地，参战的几个国家中，德国、法国、英国都有海外殖民地，于是殖民地被动员参战，战争的领域也进而扩大至海外势力范围的争夺。不过也正因为这样，这场"世界大战"中，在欧洲以外地区被卷入的，主要是各国殖民地，其他国家受到波及的不多，绝对不是全世界都被卷入了战火。

但一个醒目的例外是日本。日本不是欧洲国家，也不是殖民地，却主动积极参与第一次世界大战。这很明显是出于"脱亚入欧"的策略选择，日本视战争为终于能够加入欧洲列强阵营的难得门票。

参战的过程一度让日本人极感兴奋。战争刺激了经济景气，日本又选对边成为战胜国，得以堂皇地以战胜大国姿态出席战后的巴黎和会。不过巴黎和会成了关键转折点，在和会上，由西园寺公望带领的代表团饱受冷落，将"反歧视条款"写入国际联盟规章的要求被美国总统威尔逊彻底否决，企图侵占德国原先在中国山东的利权，也遭到中国最强悍的反抗。

这是一大盆冷水。拿到门票进了门，在欧洲那里，日本发现自己还是只能敬陪末座，和日俄战争的结果一样，得到的只是一层薄薄的面子，没有多少实质的里子。更进一步，在西方列强间敬陪末座，得到的待遇是被美国和英国挟持，被用条约硬性限制日本海军的发展，规定其船舰总吨数不得超过美、英海军的百分之六十，且要一直保持这种次等军力的状态。

第一次世界大战带来的另一种震撼效果，是欧洲自身在物质与精神上的双重残破。战争彻底毁灭了原本十九世纪的乐观昂扬气氛，经历了四年战争的破坏，欧洲不可能维持对于进步的信仰，转而对于自身文明发展充满了怀疑。斯宾格勒的《西方的没落》成了战后欧洲影响力最大的一本书，书名如此明确地宣告西方文明正走向没落，书中论证历历，文明有其生命，也就有其生老病死，如同一年必然经历春夏秋冬，西方文明明显地要步入秋冬了，那是历史的必然，不是人为主观能够改变的。

《西方的没落》中，斯宾格勒又特别凸显了西方文化中的"浮士德精神"，一种莫名向前不断追求、不断征服的意向，使得欧洲能产生辉煌的文明成就，却也必然会将欧洲带向如此可怕、毁灭性的大冲突。"浮士德精神"创造了西方文明，却也将几乎必然地毁灭西方文明。

在战后欧洲普遍弥漫的悲观气氛中，回头看日本的"脱亚入欧"追求，毋宁说是太讽刺了！费了那么大功夫千方百计让自己挤进一个没落了的团体里，人家自己都失去了信心，甚至转而要向东方哲学、东方文明求问出路，你却还要忍受歧视的眼光去和这些人为伍？

这不只是"脱亚入欧"的梦碎，而且迫使日本人必须重寻一条国家发展的新道路。

从大正到昭和

"大正民主"虽以"民主"命名那个时代，不过它真正在日本社会、思想、文化中带来的作用，其实是多元混乱——那是放弃旧信念、寻找新方向必定会出现的情况。大正时代的前期，西方的自由主义、社会主义甚嚣尘上，一度被视为改革日本内阁、国会体制的药方，不过到了后期，整个局面变得更动荡，各种主张不只更多元，而且也更激烈。

太宰治成长于这样的环境中。一方面价值观的大混乱引发了强烈的危机感，刺激了新的保守态度兴起，许多人希望得到明确的、集体的答案作为生活依凭，不想要继续活在各种冲突的主张论战中无所适从，于是强调天皇权威、强调高度服从国家利益的军国主义有了愈来愈大的吸引力；但另一方面，从多元快速收束为一元的高压过程，当然使得许多人对于失去自由强烈地难以适应。

新时代的一元价值观很快有了焦点，是从放弃"脱亚入欧"后逆转形成的：日本要回到亚洲，转而领导亚洲对抗甚至超越第一次世界大战后悲观没落的欧洲，那就必须控制中国。在这个策略下，过去间接追求在中国扶植一个亲日政府的做法显得太保守了。

大正结束、昭和开始，是一九二六年，不过后来日本历史意识上认定的"昭和史"是从一九三一年的九一八事变开始的。九一八事变的前导，是一九二八年的"济南事件"以及在皇姑屯炸死张作霖的事件，而进军东北之后，又有一九三二年的一·二八事变。

这在日本历史上是清清楚楚前后连贯的，表现皇军决心以武力进入中国，直接操控中国。"济南事件"与炸死张作霖是为了阻止国民政府势力进入东北，等到张学良正式加入国民政府，日本军方就直接派兵入侵东北。中国现代史上将发生在东北的九一八事变与发生在上海的一·二八事变分开处理，但实际上连贯的真相是日本军部启动了对中国的武力侵犯，便一不做二不休，没有要停留于控制东北，占领上海不成后，转移焦点，在热河、察哈尔等华北地区积极活动，试图达成控制中国的目的。

这样的过程，在日本国内冲击了内阁与军部的权力运作，也实质上改变了天皇的地位。关于裕仁天皇的战争责任仍有争议，关键就在于这段时期的日本政治体制暗潮汹涌，不断产生种种变化。军部借由抬高天皇地位来遂行其对外扩张的意志，压倒国内其他政治势力，但实际上又必须尽量避免天皇个人意志介入政治与军事行动决策。

这段战争侵略历史，与天皇制密切相关，天皇制甚至也决定了日本战后发展的轨迹。一九四五年日本战败投降后，美国的麦克阿瑟将军力主保留天皇，替日本人维持了最后的尊严，进而在日本人心中取得了和天皇同等的荣崇地位，大幅降低了日本人对于美军占领国家的抗拒，愿意和美军总部配合，在很短的时间内建立起新的民主体制与新的经济基础。

然而麦克阿瑟独断决定保留裕仁天皇，实质上等于替裕仁背书开脱战争责任，引发了后续的无穷争议，即使从后来披露的许多史料中，都无法得到明确的答案。

一方面，数据显示裕仁天皇遵从立宪制度，只要是内阁一致的决定，他从来不曾推翻过，没有以自身意志做过任何决策。然而另一方面，数据也显示在天皇如神的权力架构中，裕仁的想法、意志有太多其他渠道可以传达给内阁与军部，几乎不可能有违背他想法、意志的决策被送到殿前会议来，所以哪些案子是揣摩天皇心意而形成的，哪些案子又是天皇被动同意的，根本无法分辨。不要说后世的史家，恐怕连历史现场的当事人都不见得弄得清楚吧！

日本走上军国主义道路的过程，其实是一个相当年轻的天皇，带领一个高度不稳定的政治权力运作机制，中间充满了不确定性，唯一明确的，是日本要借由掌控中国来领导亚洲的这份野心。

"国民"的集体一致性

五四运动后中国掀起的反日狂潮，加上国民革命军北伐使得亲日的北洋政府摇摇欲坠，导致日本认定凭政治与外交手段绝对不足以控制中国，必须诉诸军事武力。

军人与部队愈来愈重要，相应地，如何管理军队、如何运用军力，变得愈来愈复杂。日本的军事体制是模仿普鲁士的，即当时被视为最新、最有效的军政、军令二元系统，在最高统帅以下分为由国防部领导的军政系统，以及由参谋本部负责的军令系统。两个系统理论上彼此分工并在权力上平衡，以确保最高统帅的终极仲裁、指挥权，军政或军令系统的领导者在无法指挥另一个系统的情况下，不可能僭越最高统帅的权力。

不过在日本，最高统帅是无论从历史惯例，还是依照立宪体制，都不直接、积极参与决策，更不涉及执行的天皇，于是这种二元制几乎必然带来的结果是两个系统间的长期拉锯、抗衡乃至斗争。影响所及，不只是日本的军事行动经常暴冲冒进，更因为军政部门属于内阁，连锁反应而造成政治上的长期动荡不安。

日本在昭和时期如此摇摇摆摆走上了军国主义的道路。激化的一元统治价值观要逆反大正时期的多元开放，对西方文化元素转而采取了敌对的态度，快速地走向自我封闭。环绕着天皇制、天皇信仰、天皇至高神圣性，取消个人意志与个人自由。

走向战争的过程中，形成了一个代表集体性高峰的"国民"（こくみん）观念。"国民"这个词在那十几年间含义不断改变、不断强化，在昭和时代的语言与文书中出现的频率愈来愈高。和"国民"相对的，更恐怖又更切身的，是愈来愈流行的"非国民"指控。"非国民"涵括的范围愈来愈广，从行为到语言到思想。愈是强调"国民"的一致性，就愈是要加强对于"非国民"的批判乃至压制、惩罚、扫荡。

每一个人都受到影响，原先可以做、习惯做的事，可能突然就被纳入了"非国民"的范围，突然就不能再做了。那不是法律上的禁制，而是从社会面来的谴责，其范围更广，从公开行为到一般私生活乃至脑袋里所想的，都在被监视控管的范围内。

整个环境要将每一个日本人，尤其是日本男人，训练成有效的帝国军队成员，走的是一条狂妄却又艰辛的"小国崛起"道路。"小国"没有足够的客观条件，人口、资源各方面不可能具备优势，于是必须特别强调主观意志的作用。十九世纪普鲁士崛起，最后在普法战争中战胜大国法国完成德国统一，成了"小国崛起"的典范，也成了日本最主要的模仿对象。

德国统一过程中，费希特的《对德意志民族的演讲》曾经发挥过极重要的作用，文中提出了严格精神性的民族主义观念，强调精神力量的关键地位，要求每个人在生活上落实这份精神性的民族成员责任。这样的主张被移植到日本，要将军国主义落实到每个人的日常"修身"上。

军国主义以集体的力量，严格要求个人生活上的训练、配合，产生了接近理想"武士道"的高度纪律。它强调每个生活细节上的管束，节制欲望，去除对于死亡的害怕，缩小私人自我，奉献于公共集体目标。

昭和时代的逆流

太宰治最欣赏、最崇拜的两位前辈作家是泉镜花和芥川龙之介，他的生活意念与文学品味最接近芥川龙之介，然而他所处的已经不是芥川龙之介的那个"大正民主"时代了，是绝对不民主、反对个人自由的昭和军国主义时代。他的悲剧在于个人信念与时代潮流彻底相反。

从文学的追求与表达上看，芥川龙之介毋宁是幸运的，时代给了他可以去探索现代精神、在作品中恣意发挥细腻的自由观念的空间。相对的，原名津岛修治的这位作家，等到他采用"太宰治"这个笔名在日本文坛受到注意，那是一九三三年，"昭和史"已经正式展开了。

太宰治的人生与作品，是昭和时代的一股逆流。从比较长远的历史角度看，光是在昭和时代能有太宰治其人其作存在，就有特殊意义、特殊价值了。证明了即使是那么严密、凶悍的军国主义集体管制，都不可能完全消灭个人意志，不可能让文学完全失去反抗一元一统的个性。

《人间失格》中描述了主角在中学时的爱好：烟、酒、妓女与左翼思想，虽然只是一笔带过，然而放进"昭和史"的背景中，却意义深远，因为这几样东西都是军国主义的眼中钉，被视为"非国民"的典型，一定要被整肃消灭。

和不过才在十几年前的大正时代相比，活在"昭和史"中的日本青年，即太宰治的这一代，彻底失去了开放、自由，可以去进行不同的哲学、文学、艺术、思想与行为实验的空间。他们活在一个愈来愈令人窒息的环境中，面对漫天罩地、排山倒海而来的军国主义管制，他们连发出呐喊表现反抗的方式都愈来愈少。最后只剩下烟、酒、妓女与左翼思想。

一九三五年，菊池宽为了纪念一九二七年去世的好友芥川龙之介，在他所经营的《文艺春秋》杂志设立了"芥川赏"。第一届"芥川赏"的得主是石川达三，但在评审过程中，"太宰治"这个名字却让许多人留下了深刻印象。

《文艺春秋》办理的"芥川赏""直木赏"采取固定评审制，也就是每一届的评审大体相同，少有变动。例如泷井孝作从第一届担任评审，持续到一九八一年，连续担任了四十六年；另外川端康成也从第一届就担任评审，连续三十五年，一直到一九七〇年。

而第一届"芥川赏"主要的评审故事，就发生在川端康成和太宰治之间。太宰治的作品《小丑之花》入围，川端康成表示了反对意见，说："这不像是一个过着像样生活的作者写出来的作品。"太宰治看了评审记录之后，生气地写了一封公开信给川端康成，反唇相讥："养养鸟、看看舞踏，难道就叫'像样的生活'吗？"

在那样的时代气氛下，两人看似无聊的吵嘴，其实背后各有更大的对应背景。川端康成代表的是当时军国主义的一种延伸价值观，质疑："一个生活不像样的作者，可能写出像样有价值的作品吗？"而太宰治反过来用军国主义的标准来讽刺川端康成，意思是如果要用那样的修身国民标准来看，你的生活也不合格吧！哪会轮到你苛责我呢？如果我的生活不合格所以作品必然不够"像样"，依照同样的逻辑，你的作品也应该因为你的生活方式而同样被视为不够"像样"吧！

醒目又碍眼的颓废

不过这是太宰治激愤下的强词夺理。虽然才出道不久，文坛上已经有很多人知道太宰治过的是什么样的生活，和"养养鸟、看看舞踏"绝对不能相提并论。

他来自青森县的没落贵族家庭，到东京念书，之前没学过法文，却进了法文系。经历了被学校退学，产生镇静剂依赖，一九二九年时因为参加左翼地下团体遭到警察逮捕侦讯，写下了自白保证书才免于坐牢。

一九三五年时，太宰治已经是个奇特的作者，他是什么样的人和他写什么样的作品同样受人注意，在时代气氛下，很多人视他为社会之敌，他大剌剌地在别人眼前展现出这一面。

他的颓废与作品中的颓废，放在昭和时期的社会背景下格外醒目，或者该说格外碍眼。其人其作都引人侧目，两者必然密切结合。在那样的环境中，不存在自由书写颓废、表现无赖的空间，颓废、无赖风格标示、证明了作者一定堕落在社会的某个角落，引来集体的白眼谴责。

不过那个时代又还没有严格到禁制所有颓废、无赖的作品出现。于是在那样的夹缝中，太宰治成了一个文坛奇观，甚至是社会奇观。大家都知道他是个不像样的浪荡子，拿他没有办法，反而给了他一份宽容，认定他就是一个疯狂、不可理喻的存在，被他近乎疯狂的异质性吸引。

他写了很多和那个时代的军国主义气氛完全不搭调的怪谈或怪恋故事。不过他也不是完全不受当时环境压力影响。他写过一本叫《津轻》的小说，将背景设在自己的家乡，写的是配合战争宣传的内容，那是他的妥协。不过大部分时候，他一方面靠着近乎装疯卖傻的无赖策略，另一方面避免写男人，多专注写女人，得以避免在昭和的大浪潮中灭顶。

他得到的特殊宽容地位，绝对不值得羡慕，过程中付出了极大的精神代价。就是那样的极端压抑，使得太宰治在战争结束之后，很短的时间内连续写出了《维荣之妻》《斜阳》和《人间失格》等重要作品，但却在迸发出惊人创作力的同时，带着同等惊人的强烈的死之欲望，最终在一条小小的溪流中终结了自己的生命。

非日常的怪异——《皮肤与心》

从芥川龙之介到太宰治，最明显的联结是"怪谈"。《人间失格》中有这么一句有点无厘头的话："人世间除了经济之外，还有怪谈。"比起一般常用的"无赖"标志，其实在了解太宰治的作品上，"怪谈"可能是更重要、更有用的关键词。

芥川龙之介写的怪谈小说，是用古代的故事，将现代读者带进一个陌生的情境中，从陌生的事件里回头照见了自己的现代盲点。"怪谈"之"怪"会奇特地产生一份现代惊悚，让读者重新叩问什么是人情，什么是生命的意义。《罗生门》是这样的作品，《地狱变》也是这样的作品。

太宰治在小说中同样追求这种现代惊悚的效果，但没有必然要运用历史的、古老的时空元素，而是主观地创造出一个脱离现实、充满诡异非正常气氛的场景，让故事在其间开展。

太宰治有一部小说集，书名是《皮肤与心》，集子中的这篇同名小说，主角是一个到了二十八岁还嫁不出去的丑女。她不只长得丑，家境又不好，简直没有希望了。到二十八岁却有人来提亲，对方三十四岁，没有了不起的家世，但有一份虽不高贵却稳定的工作，和另一个女人在一起六年却分手没有成婚。丑女没有什么好挑剔人家的资格，就答应了这件婚事。

结了婚之后丈夫非但没有嫌她长得丑、出身不好，反而常常让她觉得对她太好了，宁可丈夫对她粗暴一点，以更权威的方式对待她。因为丈夫和她一样，都是很没自信的人，这段婚姻变成了两个极度没有自信的人的结合。

有一天，这个女人洗完澡注意到自己身上长出了奇怪的疹子，她向来最怕皮肤出问题，不得不去一个有名的诊所就医。那个诊所除了皮肤科之外，也有泌尿科，会有患了性病的人进出，使她觉得很窘迫，不愿意丈夫进来一起候诊。于是她自己一个人面对很不舒服的诊所情境，而有了种种思绪。

她回想起两人结婚之后，找了一个新的地方，丈夫只打包了一些简单的东西，搬进来和她一起生活。因此虽然知道丈夫之前曾经和另一个女人在一起长达六年，但他们住的地方没有任何那个女人的影子，甚至让她无法感受到丈夫曾经有过别的女人。

然而就在身体起疹子，去到平常不会去的诊所，坐在可能是患了性病、让人很容易联想起性爱肉欲关系的男人中间时，她突然产生了对于那个女人的强烈嫉妒，甚至愤怒。

这里太宰治还安排了一段小插曲。她去诊所候诊时，带着一本书，是福楼拜的《包法利夫人》。读到爱玛·包法利去和情人幽会那段，她突然联想，如果恰好爱玛身上长出疹子来，那会怎么样？是不是整件事情就变得不同了，爱玛后来的命运都会随之彻底改变？人真的会被疹子主宰、决定吗？

这不是无聊空想，而是小说真正的重点。谁能对于非预期的情况，即便只是脸上突然长出疹子来，会如何影响、改变自己的行为有充分的掌握？谁又能总是弄清楚自己的人生、命运，是如何被什么偶然因素决定的？

这是太宰治"怪谈"的典型写法。人在不预期的情况下，进入了一个非日常的怪异状态，反而才能知道自己究竟是一个什么样的人。日常、正常的定义，就是我们做什么、说什么，甚至想什么，都有着固定的模式，如此固定以至于再也分不清哪些是顺应外在规范的，哪些是来自内在自我要求的，所以其实也就无从知道真实的自我到底是怎样的一个人。

只有被放置在一个不正常，无从准备、预期的环境里，正常隐退产生的"怪"之中，人才会有更真实的反应，看到更真实的自我。《皮肤与心》里的女主角在诊所里进入"怪"的场域，《叶樱与魔笛》的姐姐则是在妹妹因为肾结核重病不久于人世时，进入了"怪"的场域，而得到了令人意外、感人的生命体会。

"人世间除了经济之外，还有怪谈"

太宰治的一个短篇，取名为《哀蚊》，就像秋天的蝉叫"寒蝉"，秋天活不久的蚊子叫"哀蚊"。这种蚊子活过了一般蚊子的时间，以至于活着都是件悲哀的事，衰弱得不需要点蚊香去驱赶。小说中以这种非常状态的"哀蚊"构成怪谈的背景。

"怪谈"之"怪"，对太宰治来说，还有另外一个翻转的重点，在非常、不熟悉的情境中，人直觉地做了不同决定，于是回头对照发现：自己平常按照世俗社会规范所做的选择，其实很奇怪。突然之间有了两个我，哪一个比较真实呢？原本习惯的那个我，一下子变得不再理所当然，反而展现出让自己觉得奇怪的性质。

在这一意义上，太宰治所写的小说都是怪谈，因为他不信任日常、正常，不愿意写日常、正常。即使不是依循"怪谈"文类外表形式写出来的作品，写的也都还是怪异情境下人的各种不同反应。

如此我们能够理解为什么他说："人世间除了经济之外，还有怪谈。""经济"指的是现实利益算计，也就是正常生活逻辑的代表；其对面，往往被我们忽略了的，是只有在非常情境中才会展现出来的另一层更深刻、更真实的自我。

从这里又长出了太宰治的作家自觉。于是要成为一个合格的作家，必须能够掌握的，就不是"人间条件"，不是去观察、凝视、整理正常的生活现象，放在太宰治所处的时代，那就是军国主义塑造出来的种种规条，进入那样的规条，怎么还能看到真实的人呢？相对应地，一个合格的作家应该进入阴暗之处，怪谈会发生的地方，才能挖掘出值得被写的事、值得被认识的人。

因此《人间失格》这个书名有着特别的指涉与重量。一个作家本来就不是、不应该是依循"人间条件"生活、写作的。他活着，却不断离开正常的"人间条件"，自愿"失格"，以便去寻找"人间条件"以外，阴暗、灰色、可怕、暧昧的内容。

一个作家必须要有"非人"的经验。太宰治所追求、所展现的，比夏目漱石思索、探讨的"非人情"要激烈、极端得多。他要做的，是以自己的生命去体验"怪谈"处境，以某种形式离开了"人间"，反而才能变成真实的"我"。

《人间失格》一方面将"经济"和"怪谈"对立起来，另一方面却又提到马克思经济学，让马克思经济学成了"经济"和"怪谈"之间的奇特联结。现代经济学、正常的经济算计，从需求和供给产生价格的关系讲起，但马克思经济学完全不是如此。马克思经济学有着哲学式的前提，关注人活着的意义。因此马克思经济学的起点不是价格，而是价值，认定从价值到价格，是一种堕落、一种"异化"，人放弃了个人真实的不同价值判断、选择，接受用货币统一认定的价格，进而原本被当作交易中介工具的货币，倒过来成了人的主要追求目标。

如果没有方便量化的货币作为中介，各种不同价值的物品无法交易。但这样的工具，却在现代经济运作中，反过来变成大家追求的目标，交易变成是为了换取更多货币，为了累积货币。在马克思眼中，这是绝对荒谬的逆转现象，手段变成了目的，应该要服务主人的仆人摇身一变要求主人奉侍他，那就是"异化"。

原本人生的价值是多元多样的，每个人有不同认定、不同选择，在湖边读一首诗，在风雨夜和久别老友重逢吃一顿饭，春天时看到庭院里的花绽放开来……都各有其无法代换的价值。然而货币发展到一定程度，以货币为基础的经济算计中，一切都被化约为金钱数字，能用数字表现的、有价格的，才有价值，而且其价值高下以价格来统一衡量，不再有个别差异。刚刚前面举的几个例子，在经济算计中都没有特别价值了，因为没有可以衡量、可以比较的价格。

我们把货币这个工具提升成为目的，接受货币的主宰，就是现代经济最大的特色，也是一般"人间条件"中的主要项目。马克思经济学却不接受这种"人间条件"，提出了另外一套浪漫理想看法。

太宰治的确展现了同样浪漫的观念，在《人间失格》中吊诡地去呈现到底什么是人、什么才是像个人一般地活着的状态。

第二章

直视生与死
——太宰治的自杀之书

名作《人间失格》真能代表太宰治？

容我先表白一个当然带有高度主观偏见的评断意见：《人间失格》虽然是太宰治最有名、最受欢迎的小说，却绝对不是他最好的作品。解读《人间失格》或许就可以用这样的问题作为起点——为什么他最受欢迎的作品不是最好的作品？而最好的作品为什么无法取得和《人间失格》一样的名气与地位？

《人间失格》很重要，因为这本书在日本社会引起的反响、响应，给了太宰治在日本文学史上一个明确的性质与位置。基本上一直到今天，从日本文学史的角度谈论太宰治，大家会用到的描述、形容，几乎都是针对《人间失格》、都是符合《人间失格》作品性质的。

太宰治一九〇九年出生，一九四八年，还未满四十岁就去世了。他来自青森县，那是本州岛的最北边，而且是青森县最北边的津轻郡，也就是紧临着津轻海峡的海边，海峡的另一端是北海道。

太宰家原本是青森县的望族，却在太宰治的父亲去世后，快速家道中落。太宰治生平最容易让人留下印象的，是他和女人的关系，其次应该是他和死亡的关系。他一辈子自杀过五次，其中有三次是连同女人一起自杀的。这三个前后和他一起自杀的女人，一个是最后和他一起死去的；一个是和他一起死

41

却又一起活过来的；还有一个是一起去自杀，女人死了，太宰治却自己活回来。

一般的说法是他"三度殉情、五度自杀"，一看就知道他的女性情缘复杂且不寻常。另外相关的介绍内容包括了他的"无赖"态度，他颓废、药物中毒等等。而这些生活上的扭曲状况，都可以在小说《人间失格》中找到相应的情节描述。

换句话说，《人间失格》这部小说似乎带有高度的自传性，总结包纳了太宰治的一生。他的生活以及他的思考与文学风格，无赖、颓废的特色，都反映在《人间失格》书中。基本上他借着《人间失格》取得了和其他作家都不一样的强烈个性，刻烙在文学史上。不过倒过来看，太宰治生命当中如果有不符合《人间失格》所展现的无赖、颓废形象的，通常就会被视为不重要，被放到一边不提、不强调了。以至于大家就认定他是个无赖派的颓废文人，关注的都是他如何对待女人、如何轻薄生命。

《人间失格》取得的重要性，也和出版时间有关。太宰治活不到四十岁，他的创作生涯不可能太长。一九〇九年出生，后来误打误撞去念了东京大学的法文系，却从来没有将法文学好。前面提到他的作品得到了第一届"芥川赏"提名，却没有得奖。评审会议上明白反对太宰治的，是川端康成。看到了评审记录后，太宰治很不甘心地在《文艺通信》上写了一封指名给川端康成的公开信，指控他和评审根本没有读懂作品。当年

"芥川赏"有五百日元的奖金，对于陷入生活困顿、需要买药的太宰治来说，是一笔急需的大钱，所以他会对落选产生那么激烈的反应。

这起事件让太宰治在文坛声名大噪，也开启了他的创作热潮。从一九三五年到他去世，一共十三年间，他写出了大约三十部长短篇小说，如此丰沛的创造力，和夏目漱石相等，都是在有限的时间中完成了数量惊人，内容又带有多样原创性的小说作品。

《人间失格》是如此大量写作过程中的最后一项成果，也是他生命最后阶段写出的作品。

在这方面，可以将太宰治和芥川龙之介做比较。芥川龙之介自杀前一年间，是他作品最多又最出色的一段时期。他写了《呆瓜的一生》，写了《齿轮》和《西方的人》，每一篇都是前所未见的形式与内容突破。

《呆瓜的一生》从尼采的《瞧，这个人》中得到刺激、启发，以短小尖锐的笔记来检视、回顾自己的一生。《齿轮》换了完全不同的方式，透过非理性的梦幻笔法，呓语般地重看一番自己的人生，让现实和过往迷蒙混杂。《西方的人》则取材耶稣基督的故事，用来和自己在日本的生活交映比对。

另外还创造出了《河童》的幻想世界，带领读者进入那个异质时空，逼迫我们在他的想象力中去对照反省现实生活中的种种庸俗荒谬。

很明显地，芥川龙之介此时进入了一种精神亢奋以至恍惚的状态，也正是这种和现实脱节的精神状态引领他走上自杀身亡的路途。要追索、了解他生命的终结，他为什么自杀，这几部作品提供了令人触目惊心的证据。

不过尽管最后一年的作品如此灿烂辉煌，人们并没有完全依赖这些作品记忆、评价芥川龙之介。他早期写下的《罗生门》《竹林中》因为黑泽明的电影而受到重视，得到重读，还有《山药粥》《鼻子》等小品也都在日本文学中处于经典地位。

也就是说，芥川龙之介没有被当成一位"疯狂作家"，他最后一年的狂放作品没有被当作是他的代表，以至于让人一想起芥川龙之介，脑中就浮现出一个疯狂幻想、疯狂写作的形象。他不是一个单纯的悲剧形象，更没有因为《西方的人》而被当作是一个偏执的宗教狂热者。他有一个比较广泛、比较全面的作家身份。

对比之下，太宰治人生最后时刻的作品，例如《人间失格》并没有像芥川龙之介的终局之作那么辉煌惊人，但后世却都几乎只通过《人间失格》来认识、定义太宰治。这是他的不幸，其实作为一个小说家，太宰治不只是《人间失格》的作者，他的才气与他的成就，不仅限于写出《人间失格》而已。

这是真的——《人间失格》

发生"芥川赏"骚动后，太宰治写过一部短篇集《晚年》，那一年其实他才二十七岁，就能以超脱的想象力，写成这样一部作品。读《晚年》和《人间失格》，我们甚至很难相信它们是出自同一个作家的手笔。

太宰治写过很多不一样的作品，不只是《人间失格》，而且和《人间失格》有着很不一样的风格。例如他写过一些带有芥川龙之介风的"怪谈"小说，台湾翻译出版过一本《叶樱与魔笛》，里面收录的小说显然受到芥川龙之介的强烈影响。

因此以《人间失格》来代表太宰治，是一种偶然被固定下来的偏见，窄化了他的文学成就，不只让我们忽略了其他不同面向的作品，而且制造出对于他这个作者极度不精确的认知。在我的主观判断中，有五到十部太宰治作品可以和《人间失格》等量齐观，甚至超越《人间失格》。

但写完《人间失格》之后，太宰治在第五次自杀尝试中死了，他的最后作品并不像芥川龙之介的《齿轮》或《呆瓜的一生》那样狂乱暗晦，而是在其中将一个"无赖""废人"的一生描述得清清楚楚，于是愈来愈多人将《人间失格》视为太宰治的死前告白之书，很自然地通过《人间失格》来认识、认定他是一个什么样的人，他为什么自杀。

这份认定很关键。张爱玲有一段经常被引用的名言：

于千万人之中遇见你所遇见的人，于千万年之中，时间的无涯的荒野里，没有早一步，也没有晚一步，刚巧赶上了，那也没有别的话可说，惟有轻轻的问一声："噢，你也在这里吗？"

这段文字出自标题为《爱》的散文。而这篇文章的开头，第一句话是："这是真的。"

劈头先写只有四个字的第一段，"这是真的"，然后张爱玲在第二段描述十五六岁的女孩在乡下，春天里在户外遇到了一个男孩，这男孩看着她，说了一句："噢，你也在这里吗？"接着第三段时间快转到女孩被卖进大户人家当妾时，辗转流离，有很坎坷的身世，直到她年纪大了，那个春天、那个男孩、那句话让她经常想起，难以忘怀。

然后第四段，就是前面引用的那段名言。到这里，文章结束了。

我看过有人将第一段"这是真的"四个字解释成张爱玲在强调文章里刻画的感情是真的。唉，当然不是，怎么会误解张爱玲的意思以及她的行文策略到这种程度呢？张爱玲在另一篇散文中说过写小说会遇到的一份困难：虽然自己觉得已将情节写得如此动人，总是没有把握读者会被打动感动。在怀疑中而产生一份冲动，很想加上说明，向读者强调："这是真的！"意思是：这不是我虚构想象编出来的，在人世间真的发生过这样的事。

为什么会想加那么一句话？因为张爱玲了解，读者的阅读假设、阅读态度必定会影响作品能产生的心理作用。我们预期读到的是真实的事时，会更容易被打动。

是散文还是小说？

台湾文学界到现在还常常纠结于散文和小说的界限，还有很多人试图去区分一篇作品到底是小说还是散文，以为我们能够从一篇作品的写法、内容来决定那到底是散文还是小说。

回归到文学的本质上，散文和小说的根本差异不在形式、内容，而在于读者，反而是从对于读者态度的假想，才衍生出散文与小说不同的写法。在读者和作者间有着一份阅读指引的默契：读散文的时候，读者预期作者给予的，是真实的经验、思想与感受，就是作者自身有过的经验、思想与感受。相反，读小说时，读者假定、读者接受作品里有虚构的角色，虚构的经验，虚构的情节与对话，那是来自作者的想象。

如果读者预期自己读的是散文，却读到了他认为不合理、在现实中不应该会发生的事，或不可能发生在作者身上的事，会让他产生一种遭到背叛的不舒服，甚至愤怒的感觉。但完全一样的内容，放在他认定的小说作品中，可能就一点都不会干扰他，很可以顺着入戏一直读下去。

也就是：有很多作品，完全同样的内容可以是散文，也可以是小说。根本无法从作品本身来判断，而是从读者的态度：通通看作事实陈述，那是散文；当作有来自作者想象虚构的成分，那是小说。当作散文和当作小说来读，阅读反应会很不一样。阅读小说会有宽松的反应模式，没有那么真实的情节也能让人笑让人哭，夸张戏剧性的急骤变化也不会引起怀疑与反感。

对许多日本读者来说，太宰治死了之后，《人间失格》不再是单纯的小说，而具备了比较接近散文的真实人生记录性质，因而带来了强烈的冲击。"这是真的"的假想先入为主进入读者心中，将小说内容和太宰治最终自杀身亡的事实密切结合在一起。《人间失格》所呈现的那个人，被理所当然地视为真实的太宰治，于是太宰治其他作品中如果有着和《人间失格》不一样或相反的人生经验、样貌，就会被当作偶然的、边缘的、不重要的。

《人间失格》不只成了太宰治的代表作，甚至倒过来代表了、定义了太宰治这个作者。读者将这本书的内容当成了人间真实的颓废写照，并在其中受到情感体验上的强烈异质撞击。

普拉斯的《钟形罩》

文学史上有许多类似的例子。

例如西尔维娅·普拉斯在三十一岁自杀前，写了一本《钟形罩》。西尔维娅·普拉斯是一位杰出的英国诗人，嫁给了另一位杰出的诗人特德·休斯。而她会选择在那么年轻的时候自杀离世，和她的精神问题有直接关系，但在那个时代的社会眼光中，认为这和失败的婚姻，以及特德·休斯的外遇更加相关。

普拉斯自杀之后，特德·休斯和介入他们婚姻的那个女人，就背负了害死普拉斯的罪名。那个女人后来和特德·休斯在一起，生了一个小孩，但很可能过着千夫所指的生活，那样罪咎的过去太沉重了吧，她后来也自杀了，还一并将小孩带走。

特德·休斯诗写得很好，然而年轻时读他的诗，这些悲剧事件总是阴魂不散地盘旋着，让人不自主地似乎在诗句中读到了他的罪恶、他的痛苦、他的忏悔或执迷不悟，无法和他奇特的人生经验脱离开来。

普拉斯的悲剧，一部分来自她知道特德·休斯的诗写得有多好。她欣赏他，甚至崇拜他，但普拉斯自身也是具备强烈冲动与极高品位的诗人，和特德·休斯之间又会有微妙、紧张的竞争关系，这样的两个人要做夫妻、要过日常生活真是太大的挑战了。

至少普拉斯通不过这样的挑战。她一直感觉到自己无法好好和丈夫相处，产生了高度不安全感，很害怕丈夫会到别的女人那里寻求安定安慰，而愈是害怕就愈是让她和丈夫难以相处，形成了自我毁灭的恶性循环。

她还有另一份更难解决的矛盾心结。她希望自己的丈夫特德·休斯写出精彩的诗作，可是当她真的看到特德·休斯有精彩的诗句，尤其是那种她觉得自己同样作为一个诗人绝对写不出来的作品时，这对她来说，阴暗地构成了另一种背叛，提醒了她，特德·休斯是一个比她更好的诗人，和特德·休斯相比，她还能、还要继续坚持做一个诗人吗？自己的丈夫似乎在残酷地嘲讽、质疑她最在乎的生命追求。

在那样的复杂情绪困扰中，普拉斯写了《钟形罩》。书中动用了她二十岁时去纽约时尚杂志社当了一个月实习生的真实经验。就是待在纽约的最后几天，她突然面临精神崩溃，那个状况来得又急又凶，她无法睡觉、无法正常进食，处在高度恐慌中。

恐慌的来源是她一直担心被杂志社里认为她没有写出好文章的能力。为了精进自己的写作能力，她去申请了一个暑期写作班，没想到竟然没能进去。连一个暑期写作班都不收她，彻底毁灭了她的自信，使得她精神瓦解，人生中第一次尝试自杀。

普拉斯在《钟形罩》中写了二十岁第一次自杀的事，写完书没多久她就进行了人生最后一次自杀尝试而死去了。因此这本书也就被视为她的自杀告白之书，读者会尤其在书中读到她的种种挣扎乃至求救。我们很难单纯地将《钟形罩》当作一本小说，联结普拉斯后来的自杀，这本书像是她试图要借由书写来解救自己的努力，而终究失败了，以至于让我们读来处处心惊胆战。

《人间失格》也是如此。书中写了两份挣扎：一是小说中的主角努力想拯救自己，找到、找回继续活下去的"人间资格"，却一次又一次失败了；二是作者本身在对自己、对外界发出这样的痛苦讯息——如果再找不到可以解决的方式，我会死。写作是他的寻觅形式，但我们读到《人间失格》时已经太迟了，结果已经形成，我们知道他失败了。

读者无法单纯将《人间失格》视为小说，阅读间那四个字会不断浮现在心中——这是真的。

邱妙津的《蒙马特遗书》

另外一个例子，是邱妙津的《蒙马特遗书》。

如果你现在活得好好的，觉得自己很幸福，那也许就先不要去读《蒙马特遗书》；如果你对于人该怎么活着、为什么能够一直活下去不曾有过丝毫的怀疑，那你应该一辈子都不需要去读《蒙马特遗书》。

读《蒙马特遗书》和读《钟形罩》都很残酷，逼着自己目睹一个生命如何走上了绝路。《蒙马特遗书》甚至连书名中都用了"遗书"两个字，看起来是比《钟形罩》更直接的"自杀之书"。然而我必须强调——《蒙马特遗书》绝对不只是一本"自杀之书"，就像《人间失格》不应该被单纯看作一本"自杀之书"。

邱妙津出版的第一本书，短篇小说集《鬼的狂欢》，我是最早的读者，应该也是第一个写书评的人。她大学毕业后的第一份工作，是给《新新闻周刊》当记者，因为有着写小说的经历，就被总编辑王健壮交代了一个采访题目，去访问当时出版了具备明确政治、社会思想意图的小说的新一代作者。那时我刚出版了长篇小说《大爱》，所以邱妙津就打了长途电话到美国给我，采访兼聊天谈了好多次。

邱妙津是个极度热情，因而也在感情上极度刚烈的人。她最后是用鱼刀刺入自己的心脏结束了生命，这样的方式太宰治或普拉斯应该都不敢尝试吧。因为她在巴黎如此走完了人生之路，所以留下来的《蒙马特遗书》自然地就被当作是她真正的"遗书"。

但这样的看法不完全对，至少不应该那么理所当然。首先，《蒙马特遗书》是一部完整的作品，绝对不是在狂乱激动的情况下结束的。书的开头，是很冷静地给读者的提醒："若此书有机会出版，读到此书的人可由任何一书读起。它们之间没有必然的连贯性，除了书写时间的连贯之外。"

接着是仔细选择过的中法文对照引文，中文是邱妙津自己翻译的：

从前的年轻时代之于她如此陌生仿佛一场生命的宿疾。她一点一点地被显示且发现，即使没有幸福，人仍能生存：取消幸福的同时，她已遇见一大群人们，是她从前看不到的；他们活着如同一个人以坚忍不懈……

书的主体是二十封信，写给两个对象，一个是小说中称为"小咏"的密友，另一个是"我"当时狂暴地爱恋着的女友"絮"。絮是她深爱却又无法得到的欲望所系，这是普拉斯式的困境，她愈是爱就愈狂暴地要予以确定，却反而使对方远离，愈远离她就变得愈狂暴。而她有一份自觉理解这样的恶性循环，却没有能力改变。

小咏是"我"的寄托，一份很不一样的情感。"我"抱持着强烈到自己无法控制、自己都会害怕的感情，将感情过程写在书信中，实质上是在向自己求救，要求自己醒过来。当然她的求救失败了，留下这样一本往往被视为"遗书小说"，但事实上不是死前一时冲动写下的"遗书"，又不完全是虚构小说的很独特的作品。

阅读一个人的"自杀之书"

《人间失格》也是这样的作品，在当时受到了聚焦注意，进而成了经典，定义了太宰治和他的文学，主要就是许多人在阅读中联想起太宰治的真实人生，因而读得脊背发凉，甚至出了一身冷汗。

一般正常的关系中，作者和读者间夹着作品，作者透过作品接触读者，读者也透过作品理解作者。然而阅读像《蒙马特遗书》或《人间失格》这种作品时，读者除了原本这条透过作品和作者的联系之外，会无可避免好奇地产生另一条联系，那是跳过了作品，直接意识到、感受到作者这个人，意识、感受到他真正在死亡前挣扎而最终失败的事件。读者无法再单纯直面作品，从作品中获取作者提供的讯息，而必然同时在心中浮现、感知这样一部或暴烈，或颓废的作品，在死亡前的独特存在方式。

小说吸引读者的一个理由，在于其中所提供的异质性经验。干吗读《哈利·波特》？明知道不会有人骑着扫把在空中飞来飞去打魁地奇球，我们却被深深吸引，看得很高兴。那是因为小说提供了我没有的东西、从未去过的地方、无法成为的人。很多时候，读小说最大的乐趣就在这里，如果没有享受过这种超越自我经验、扩大自我体会的乐趣，会很可惜。

然而被视为"自杀之书"、被视为真实遗言的《蒙马特遗书》或《人间失格》不可能被用这种方式去享受，而必然带着双重的道德疑惑。我们如此跟随、目睹了一个活生生的人，在生命中沉溺、挣扎，阅读中我们被感染、感动了，却同时确知：我帮不了他，即使我清楚地接收到其中的求救呼声，或正是因为我清楚地接收到其中的求救呼声，所以会痛心于我什么都做不了，那悲剧的结局已定，来不及改变了。

我们看着这份记录在时间中展开的过程，但又知道作者已经穿越终点了。我们如何坦然接受，而只是将这本书视为一部小说去读？我们可以只领受、思考这小说内容和我自己的生活会有什么关系、给了我什么启示，而不会生出强烈的矛盾绝望欲望：是否应该要去救这个叙述者和他背后真实的作者，即使从一开始就知道没有任何的机会？

从这里引发了一种奇特的绝望，和我们阅读其他作品、其他作者或真实或虚构的生命经验很不一样的感受。

还有另一项道德上的考验，我们应该、我们可以享受阅读这种小说吗？用欣赏、享受的心情阅读一个人的"自杀之书"，看着他一路走到死亡的另一边去，不太对劲吧？

看到《人间失格》里写到"我"答应要戒酒，却又开始喝酒时，我们无法只接受这是小说中一个意志力薄弱的角色，相应产生我们对他的看法，厌恶他或同情他。我们明明知道他又丧失了一次自救的机会，因而逼着他朝向自杀更进了一步，在这种阅读经验中，文本和读者的距离要更接近，也更难拿捏得多了。

像是读川端康成的《雪国》，小说最后叶子从着火的楼上掉了下来，那就是一个角色的结局。虽然小说中我们也是一路看

55

着叶子陷入愈来愈没有出路的困境，最终走向死亡，我们会心惊、会感动，可是不会有罪恶感。将《人间失格》视为"自杀之书"的阅读过程中，我们却有着救不了这个真实的人的强烈歉疚。那不是来自文本本身，而是从文本和我们改变了的关系中产生的。

那能称之为"殉情"吗？

在《人间失格》中，太宰治鲜活地写出了一个废人，从一开始便"失格"，陷入对于自己作为人的资格的深切怀疑，没落的豪族后裔出身，和家庭、女人发生重重让他持续沦丧的关系，除了死亡没有其他出路。

这样一个"废人故事"之所以如此绝望，因为小说中没有任何真正的爱情。这个人在人间"失格"，自觉"失格"却找不到救赎，因为他无能去爱，没有办法真心爱任何人。

在这点上，应该对照读太宰治的另一部作品《斜阳》。那部小说从姐姐的观点描写"弟弟"，也就是作者太宰治的化身。《斜阳》里的弟弟和《人间失格》里的"我"都彻底失去了爱人的能力，然而这样的特质引发了从小说情节到自传性真实生命经验上的疑问：如果不能爱、不爱，为什么会找了女人去殉情，或接受女人的招请一起自杀呢？

我们一般理解的殉情是什么？殉情的动机难道不是最深刻的爱情，以至于使得两个人如果被现实拘执，无法在"人间关系"上共同生活，那就宁可不要活下去吗？爱情比生命更重要。如果用这种认知去读太宰治小说中的叙述，那很不对劲。

《斜阳》中记录的第一次殉情事件，和太宰治真实人生的经验很类似。他遇到了这个女人，和她同居了三天，就决定一起去死。首先，三天的时间能让两个人产生多浓多深的感情？其次，并没有什么了不起的、难以解决的问题阻扰他们完成对于爱情的期待，让他们不能继续这样一起生活下去啊。

在通俗剧中呈现的殉情故事，要让观众看得一把鼻涕一把眼泪的，一定要有可怕霸道的父母、庞大的债务与可怕的黑道逼债者，不然就是近乎将女人当作奴隶的强势丈夫，那样难以克服的外在阻碍会特别被凸显出来。这些在太宰治的小说中都付之阙如，对比下，我们不能将殉情自杀理所当然地看待，必须更认真地去思考那究竟是用什么样的心情，下的什么样的决定。

人要放弃自己的生命走向死亡，这是我们都会觉得很严重、很极端的选择。所以当两个人一起去死，我们自然会认定两个人之间存在着让他们活不下去的强烈理由，因为我们绝对肯定生而否定死。活下去是必然必要的，人竟然会要放弃活下去，当然要有极度强烈的理由。那理由如果是爱情，就构成了殉情。

但用这样的假设来解读《人间失格》却是走不通的。如果你能用这样的假设读完《人间失格》，我只能说你一定没有认真动用思考与感情在读书，你没有真正进入这本小说所创造出的世界。

怎么可能在阅读过程中，不产生动摇原本假定的怀疑或疑问？这是"自杀之书"吗？到底自杀是怎么一回事？书中描述的算是"殉情"吗？如果不是那又是什么呢？

日语中的"人间"

之所以要读经典，其中一个理由是我们活在相对比较单调、无聊的社会里，和之前所留下来的历史、文化经验相比，包围我们的现实极为狭隘、有限。

关于"作为人而活着"是怎么一回事？人为什么活着？更进一步去探测、想象死亡的意义，我们的社会对此没有太多理解与想象。大家一般都觉得自己活得好好的，不需要自寻烦恼去想这些问题，然而这样的社会存在着一种潜伏的危机，那就是对于无法适应如此理所当然生活方式的人，它会是一个人间地狱，因为这个社会没有足够的多元宽广空间可以容纳他们。

正因为经典来自不同的时代，会展现不同于我们这个时代、这个社会的复杂视野，借由阅读经典我们得以有机会看到更多对这些根本问题的态度，你会觉得人不必然要用一定的方式活着，如果有人不是这样活着，也应该尊重他们的选择。

太宰治的经典小说，书名是《人间失格》，中文译本一般都直接沿用这四个汉字。然而这四个字在中文里传达的意思、给中文读者的联想，和日文读者的会有一些差距。最简单却也最麻烦的，是"人间"这个词。

记得《庭院深深》主题曲里的歌词："天上人间，可能再聚？听那杜鹃，在林中轻啼，不如归去，不如归去……""人间"是对应"天上"的，凸显的是现实尘世。几年前，台湾高中升学考试出过一个作文题目，叫作"人间愉快"，应该是出身中文系的老师，也许是曾永义教授的学生，对曾永义写的一篇文章《愉快人间》印象深刻，就将之改动挪用来当考试题目。但从中文意义上看，要十五岁的小孩作这样的题目，简直莫名其妙。曾永义的文章要强调的，是活在"人间"有许多愉快，够充实够丰富了，所以不必去羡慕"天上"，不必想象死后的另外一个理想世界，有"人间"，能够体会"人间"之至乐，可以不需要天堂。

十五岁的孩子哪会有这种想法？让他们以十五岁的青春年纪去比较"人间"和"天上"哪个比较快乐有道理吗？百分之九十九的学生作文里，只会写自己生活中的种种"愉快"，那就是"愉快"，和题目中的"人间"无关了。题目才四个字，里面有两个字是多余无用的，真不知这样的题目是在什么样的中文理解中想出来的。

谁最常用"人间"，而且用得有道理、有必要？是星云法师，他的信仰教义上特别强调"人间佛教"，表示佛光山不是我们一般想象的那种隐居出世、"不食人间烟火"的宗教组织，佛光山要介入现实，在现实中提供佛法作用，在"人间"条件下实践佛法。

但日文里的"にんげん"不等于中文的"人间"。"にんげん"最简单、最广泛的意思就是"人"，复杂一点、深刻一点的指涉是人的生活、人的现象，或人之所以为人的抽象道理。

所谓的人间"失格"？

另外"失格"两个字，也不完全等于"失去资格"。

小说《人间失格》从三张照片开始，第一张照片里是一个小孩，他的脸给人一种莫名阴森的感觉，有着微笑的模样，却握紧了拳头，以至于让人无法感受他的笑意。没有人能够一面握拳一面笑吧？因而那看起来不像人，而像是猴子的笑脸。

从这个开头我们能够体会，小说要描述的，不是"失去资格"，而是更普遍的"不具备资格"，一种没有资格作为人活着的生命。重点不在于后来发生了什么事使得这个人失去了人的性质、人的资格，而是他内在的一份深刻、排解不了的怀疑，怀疑自己可以作为一个人活着。

在"第一手记"中，他说：

> 对于人类，我始终心怀恐惧、胆战心惊。而对于自己
> 身为人类一员的言行，我更是毫无自信。总是将自己的烦
> 恼埋藏心中，一味掩饰我的忧郁和敏感，伪装出一副天真
> 无邪的乐天模样，逐渐将自己塑造成一个搞笑的怪人。

这段话里，中文读作"人类"的，日文中都是"人间"（に
んげん），是集体的人，抽象的人的条件。人对他来说，是一
种可怕的动物，他无法理解人如何能忍受痛苦的生活而持续活
着；另外他永远猜不出来人在想什么、用什么样的方式感受这
个世界。人对他来说，如此陌生、如此难以捉摸，所以他只好
选择搞笑，尽量去讨好每一个人。

小说要表现的，不是这个主角失去了作为人而活着的资格，
想要去死，因而描述他如何失去了作为一个人的资格。如果从
这个角度看，我们会注意到的是他酗酒、花钱、过着颓废的生
活，认为那就是太宰治小说中的"无赖"性质，甚至认定那就
是他身为"无赖作家"的特性。

"失格"有更深沉的疑惑，那是真切的存在之谜——人如何
取得了活着的资格？"人间"用在这里指的是"活着""以人的
方式活着"。别人出生了就在这个状态中，视之为理所当然，而

太宰治之所以要写《人间失格》，正是因为本质上不能无疑，从来没办法安心接受这件事。

用对的方式读《人间失格》，我们会被太宰治逼着去认知、思考包围他的巨大日本传统中对于生与死的复杂辩证，那比我们今天在台湾习惯能碰触的要丰富也要纠结多了。

生与死

小说的"第二手记"中记录"我"遇到了一个叫常子（或恒子）的女人，她是一个诈欺犯的妻子，因为丈夫不良而去店里陪酒为生。

"我"和朋友竹一一起去店里，"我"一度担心会目睹竹一对陪酒女子乱来，然而那女人是连竹一都嫌弃，想到要占她便宜、亲吻她都会生出抗拒之感来的。"我"后来和这个如此穷困潦倒的女人过了一夜，很快地就接受了常子的提议：一起去死吧！当天晚上，他们在镰仓跳海自杀，用常子的衣带将两个人绑在一起，不过衣带后来松开了，所以常子淹死了，"我"却本能地游回岸上活了下来。

单纯作为小说情节，我们会觉得很不可信。从表面来看，这叫作"殉情"，但我们认知的"殉情"不应该是两个深爱彼此的情人，被世间的强大力量、他们无法克服的力量阻挠无法在一起，所以相约去自杀，以期在想象的另一个世界中能够完成爱情的梦想吗？

小说中这两个人，是被什么强大力量阻挠而无法在一起吗？更奇怪的是，这两个人有那么深，深到生死以之的感情吗？至少从小说的描述上来看，常子提出一起去死时，两个人其实互相认识还不是很深吧？

但我们又知道，这并不单纯是虚构想象的。太宰治一生自杀五次，有三次是和别人约好一起的。我们不得不问：人可以那么容易地去死吗？只在一起过两次的男女相约一起去死，那是出于什么样的死亡意念？

如果男女一起自杀就是殉情，这种"情"的性质是什么，到达生死与共的感情的基础又是什么呢？这是我们想象、理解的"殉情"吗？

海明威的成名作、一九二五年出版的短篇小说集《我们的时代》中，第二篇小说描述了小男孩尼克和当医生的父亲去印第安保留区救治一位难产的孕妇，父亲进入帐篷里，女人的丈夫坐在帐篷外。情况危急，父亲只好在设备不足的条件下紧急为孕妇剖腹，那当然很痛，女人叫得很凄厉，折腾了一整夜。

好不容易让女人肚里的胎儿生出来，将母子从鬼门关救了回来，走出来却发现帐篷外的丈夫死了。他受不了那样的等待折磨，受不了可能失去妻子与未出生的小孩，就自杀了。

小说结尾处，父亲带着尼克划船回来，尼克表达了最深刻的困惑，问父亲："死很难吗?"还是人很容易就死了呢？父亲的回答很简单，却很真诚："也许蛮难的，但又不一定，要看当时的状况，生死不是我们以为的那样有一定答案的事。"

海明威要提醒我们的是：不论你认为一个人会在什么情境或条件下活着或去死，都不会是对的。这没有答案，人可能进进出出鬼门关好几次都还是继续活着，却也可能突然为了最微不足道的理由，以无法预期的方式就死了。看那个难产的女人，死亡比我们想象的艰难得多；看那个原本没事只是坐在帐篷外的男人，死亡却又可以简单到那样的程度。

刻板印象认为女人是脆弱的，男人比较坚强，但面对死亡时，一个女人撑下来了，挣扎要回了自己的生命，一个男人却连等妻子手术的结果都做不到，受不了就死了。

男人死得很突然，我们会很惊讶，但不是不能理解。在一种奇特、突如其来的激烈、戏剧性的痛苦中，人会承受不了痛苦，宁愿终止生命来停息痛苦。人要活着或要死去，其实我们知道，有太多变量与无法掌控的可能了。

人为什么会自杀?

自杀是个谜。人为什么会自杀？如果在人的身体里有一种会自杀的基因，照道理说这种导致个体死亡的基因自身会灭绝。具备自杀基因的人都死了，在繁衍上的优势一定远远不如没有自杀基因的人，没有多久自杀基因不就失去遗传子嗣的机会而绝迹了吗？

这就是为什么其他的生物依照本能不会自杀。那所以自杀是违背本能的行为？人如何取得了这种违背本能的行为动机？还有，自杀只牵涉个体本身，自己杀了自己，和其他人都无涉，但为什么遇到有人自杀，其他人会受到极大的冲击，而不是冷漠地感觉"那是他自己的事，与我无干"？

不只是感到震撼，而且震撼中明显带着疑惧：害怕我们的内在有什么力量，无法捉摸、无法理解，会在无法预期、无法掌控的时刻，突然攫住我们，让我们同样疯狂地终结了平常如此珍视、看重的生命。

社会学家涂尔干写了名著《自杀论》，正因为他具备将自杀从个人层次拉到集体、社会层次来解释的洞见。涂尔干开启了从社会学角度研究自杀的途径，后来又有心理学、精神分析乃至于演化论等不同角度的探究。然而一直到现在，自杀仍然是人类行为上的谜，而且是一个无法搁置不理的谜，会不断地以各种方式冲击我们，要逃避自杀带来的冲击，往往和试图理解自杀同样耗费心力。

从历史的角度看，中国在对待自杀一事上，从战国到汉朝，很明显地有了突兀绝然的转折变化，可以说是从"赖活不如好死"一百八十度转成了"好死不如赖活"。后来的中国传统不但要尽量"赖活"下去、尽量避免死亡，甚至认定死亡只有一种对的形式，那就是躺在自己家中"寿终正寝"。传统习俗中对于"凶死"，即不是在床上病死的人，有各种禁忌，有时甚至连尸体要回家进门都不行。而一直到今天，台湾都还有很多人无法接受亲人在医院里去世，一定要在他们最后断气前先抢时间接回家。

人唯一对的、可以接受的死法，是寿终正寝——这样的文化、这样的社会必定高度敌视自杀。延伸涂尔干的社会学分析，中国的紧密人际联结形式，创造了自杀率甚低的社会环境。

不过在中国历史上，春秋战国有着和后来完全不同的自杀态度。孔子说："朝闻道，夕死可矣。"不完全是夸张的形容，部分反映了那个时代的生死观——有很多比单纯只是活着更重要的事，活着不是绝对的首要考虑、首要选择。

对"自杀"的看法

《左传》里有鉏麑的故事。晋灵公时晋国国政落入世卿赵盾手中，对国君行为多处牵制，晋灵公受不了，就派身边的一位"力士"鉏麑去暗杀赵盾。鉏麑在深夜凌晨，预计人们都在熟睡时执行任务，却发现赵盾家中已有灯火，赵盾全身着正装，坐在点了灯的厅堂上打盹。鉏麑先是吓了一跳，继而领悟到，赵盾担心上朝迟到，所以宁可提早起身做好准备，等时间到就可以准时出门——赵盾是如此敬业，尊重自己的朝政工作。

鉏麑深受感动。这是个认真的世卿啊，如果杀了这个人，岂不就失去了一个好好理民的大臣？但另一边，如果不动手，就违背了国君的命令，也轻忽了自己的职责。两相权衡，不能杀也不能不杀，于是依照《左传》的记录，鉏麑当场"触槐而死"，朝赵家门口的大槐树一头撞过去自杀了。

在更有名的"赵氏孤儿"故事中，赵盾的儿子终究还是被整肃，要被夷灭全族，只在偶然的机会中留下了一个遗腹子，于是家臣程婴和杵臼想办法要保护赵氏孤儿，一个人带着假的婴孩故意被抓，让对头以为已经除掉了赵氏孤儿，另一个人则负责将真正的赵氏孤儿养大，图谋报仇。故事中最关键的对话，是杵臼问程婴："去死和将孤儿养大，哪一件比较难？"程婴说："养大孤儿比较难吧！"杵臼就说："就麻烦你承担比较难的，容易的我来做。"所以杵臼就带着假冒的婴儿一起被杀了。

然而将孤儿抚养长大，完成了复仇及恢复赵家地位的使命之后，程婴也选择了自杀。他的理由是作为家臣，主子死去时就该同命自杀，他已经多拖多活了很久，而且杵臼走在前面也等他很久了。

春秋战国还有很多类似的自杀故事，这些人都不认为活下去是最重要的，他们的生命中有很多原则、坚持、信念比活着更重要，只有通过自杀死去才能彰显、才能完成。不过从汉代以后，这种态度基本上从中国社会中消失了，生与死的价值被层层观念与行为紧密包裹着，认定"赖活"才是最正确的选择。这个社会反对自杀，害怕有人自杀使得人伦秩序产生骚动。

在西方基督教传统中也有这种反对自杀的强烈观念。自杀的基督教徒是不能葬入教会教堂的墓园的。有一部雷德利·斯科特导演的电影叫《天国王朝》，开头就显现了那样的文化态度。

电影开场，连姆·尼森演的父亲骑着马从耶路撒冷回到法国，在找他的儿子。经过了一个农村，遇到有葬礼，来了一位主持葬礼的教士，他指着棺材中躺着的少妇尸体，吩咐必须将她的头和身体分开埋葬——因为她是自杀而死的。

这女人才刚生了小孩，但小孩夭折了，她受不了那样的打击，于是自杀了。结果她的丈夫就更惨了，失去新生儿，又失去妻子，而且还要接受教士的严厉命令，将已死妻子的头砍下来。

电影剧情安排这个哀伤欲绝的丈夫，遇到了他一辈子没见过的父亲。父亲找到了他，跟他说："我从来没有照顾过你，作为父亲现在我唯一能做的，是邀请你参加十字军，和我一起去圣地耶路撒冷。"他刚在愤怒中杀死了要他砍下死去妻子头颅的教士，别无选择，就接受了父亲的提议，后来成了耶路撒冷的城主。

这是设定在十二世纪与十字军东征有关的历史时代，当时教会的确有着极度敌视自杀的立场，自杀的人在死后都还是要接受象征性的惩罚。生命是上帝给予的，人没有权利自做主张，而且自杀被认定为逃避，如果大家都相信有可以逃避教会权威管制的方式，教会权威就维持不住了，因此必须表现出最严厉的反对态度。

那时候自杀者被称为"谋杀了自己的人"，意味着犯了和杀人同样严重的罪，甚至比杀人还严重。《圣经》十诫中的第六条就是"不可杀人"，因为生命是上帝赋予的，是来自上帝的恩赐，人没有权利非但不感恩，还取消了自己的生命。

在但丁的《神曲》中，描述了地狱、炼狱、天堂，也就是人间以外的庞大区域，对照下让读者理解，活人所占有的这块空间，其实很小。书中的但丁在人生的中途迷路了，进入更广阔的空间，从地狱层层下降，再从炼狱层层上升，最后到达有九重之多的天堂。相对地，人间不只很小，而且没那么重要。

在地狱中有一个自杀者死后要去的地方。依照《神曲》的描述，自杀后灵魂会被关在树里面，那是一种很可怕、会尖叫的树。意思是作为人的外表形状被剥夺了，而且失去了行动自由，永远固定在同一个地方。你的灵魂必然会挣扎想要离开这终极永恒的束缚，你绝对不会、无法认命，那是惩罚的一部分，不管在那里待了多久，你都不会习惯，会一直感受到那痛苦，一直叫喊，还会有一种精灵不断攻击你。

近松门左卫门的《曾根崎心中》[1]

和中国或基督教的传统相较，日本文化中对于自杀没有那么强烈的禁忌。传统日本有"情死"的观念，人为了深挚的感情而选择自杀，是被认可的；到了十八世纪江户时代，更进一步发展出"心中"（しんじゅう）这个特殊名词，来描述一套观念与行为。

近松门左卫门出生于一六五三年，一七二四年去世，是十七、十八世纪之交的重要剧作家，是被称为"元禄三大作家"之一的大师。他创作的一出人形净琉璃《曾根崎心中》改变了传统看待"情死"的态度。

简单介绍一下什么是"人形净琉璃"。"净琉璃"表示是用比较简单的形式，接近说故事或读剧的方式呈现的；"人形"指的是木偶，表示是以木偶或真人戴上木刻面具来演出的。

在日本的戏剧中有一个独特的观念，认为不应该让观众看到演员脸上的表情，也不要辨识出演员的长相。观众如果看到演员的长相，认出了"这不是我们隔壁邻居吗"，就破坏了他们随角色入戏的需要。还很有可能会觉得演员长得一点都不像自己心目中想象的戏中角色，同样也会产生违和感，阻碍了观赏入戏。

由木偶来演，或让演员戴上面具，可以解决这样的困扰。

---

1 简体中文版多用钱稻孙的译名《曾根崎鸳鸯殉情》。

木偶、面具是按照固定形象雕成的，观众一看就知道是代表哪个角色，或是什么类型的角色，避免被真人演员的不同表情分神、误导。

这和我们今天看戏、看剧的习惯彻底相反。现在我们辨认明星，甚至常常在讨论剧情时混用演员和角色的名字，一下子是"都教授"，一下子是"金秀贤"，大家都不会有什么疑惑。熟识的演员、明星帮助我们快速弄清楚剧中人物关系，而且不断会有近镜头让观众看清楚演员的表情。看剧很多时候是依靠演员的表情来引导、来决定我们的感受的。

但我们不应该忘了，还有像侯孝贤那样拍电影的风格，刻意拉开镜头和人物之间的距离，远镜头加上长时间不动的长镜头，根本看不清楚演员脸上的表情，依循的就是类似日本人形净琉璃或能剧的戏剧逻辑。离开了特定的演员、明星的演戏方式，可以避免被不到位的演出干扰，更能专注于体会剧中的对白与情境。电影虽然由演员来演，却不会被演员的演技好坏彻底主导、左右。

《曾根崎心中》这出戏的另一个重点在于"游女"。日本有强大的艺伎传统，那是将歌舞表演艺术和色情陪酒结合在一起，经过长久发展而形成的。"游女"就是这种暧昧服务人员的统称，在江户时代既卖艺也卖身，带着相当程度的狂野色情成分。

在近松门左卫门开始活跃于戏剧圈之前不久，"游女歌舞伎"才因过于色情、狂野而遭到禁演。近松门左卫门故意挑衅地选择"游女"的题材，却改用"人形净琉璃"形式降低色情狂野性质，完成了这样一出轰动一时的名剧。

"情死""心中""相对死"

《曾根崎心中》这出戏讲的是一对男女殉情的故事，男主角叫德兵卫，女主角叫阿初，又称为"游女阿初"，也就是妓院中的妓女。"游女阿初"虽然是妓女，却有着清纯的感情，遇到并爱上了德兵卫，两人商量好要结婚。但德兵卫的继母收了人家的钱，逼德兵卫娶一个富家女为妻。德兵卫先是到处奔走借钱，好不容易收齐了一笔足可以偿还的钱，在他要拿这笔钱去解决和富家女婚约的前夕，他的好友九平次却遇到了大困难，来乞求他帮助。德兵卫一时心软，答应将那笔款项借给九平次一天去周转，不料九平次将钱拿走后，竟然翻脸不认人。

德兵卫拿着借据去找九平次，九平次也不认账，还骂德兵卫卑鄙，用伪造的借据来勒索。德兵卫要不回钱，又绝对不愿意履行婚约，因而只能去死，阿初选择和他一起自杀，而有了"情死"的终局。

近松门左卫门在剧名中用了"心中"这个他自己发明的词。"心中"是将"忠"字的上下两个部分颠倒而形成的。其概念就来自"忠"——忠诚、忠实，最重要的是忠于自己的感情，推到极致，那就是宁可为情而死，也不愿活着而放弃爱情。

随着《曾根崎心中》大流行，"心中"这个词在日本社会留传下来，进而将"情死"和"心中"区别开来。两个人一起去死，有时一家人一起自杀，那是"情死"，但要称为"心中"，那就必须有更深刻、更强烈的主观理由，表示他们是忠于感情地自主选择。

《曾根崎心中》这出戏在当时实在太流行了，据说连一位大儒学家荻生徂徕都喜好到能从头到尾背诵整出戏。荻生徂徕是学者，而且是一位明确继承、传扬理学的学者，他为自己取的名字中，"徂徕"指的是中国山东的徂徕山，那是宋代理学重要奠基者石介当年讲学的地方，石介号"徂徕先生"。

《曾根崎心中》的故事里面所颂扬的强烈男女情感，和儒学、理学显然有着相当差距。理学格外重视节制所有的欲望、情感，尤其对男女情欲抱持反对、压抑态度，要人通过"礼"在行为上的规范、制约，回归内在的、天性上的"理"。从中国来的儒学、理学照理说和《曾根崎心中》戏里展现的冲动热情是冲突、相反的。

荻生徂徕表现的矛盾立场，在他的后代儒学者本居宣长身上而有了新的转折、突破。转折、突破的动力来自本居宣长花了很多时间研究《源氏物语》，他一度在家乡松坂开课讲解《源氏物语》和《平家物语》。环绕着《源氏物语》产生的核心

73

观念"物之哀",就是在本居宣长的解说中浮现确立的。

本居宣长论说的"物之哀论",一定要回到"心之中",而人心真正的中心,在内的本质是"情"。在原来理学的"心性理气"理论架构中,"情"是人受到外物刺激而产生的感应,扰动了"心",使得原本纯粹的"性",因而有了不纯粹的善恶分别。然而本居宣长认定:人之所以为人,也就是"人间资格",最主要在于人有"心",而能表现、证明"心"之存在的,是"心"发动而为"情",但"心"要发而为"情",必然要有外物的刺激、扰动。

也就是:在没有受到外物刺激、完全不和外物有互动的情况下,就不是"人"的状态。"情"有赖于与外物的相激,所以人之所以为人,最核心的情况,是和世界各种不同对象所形成的关系。本居宣长将"心"与"情"放到了最关键的重要位置,等于是从哲学立场上替老师荻生徂徕解释了为何如此重视《曾根崎心中》这部通俗剧作。

"物之哀"源于人必然只能在时间中和外物产生关系,时间使得人具备之所以为人的条件之际,就必然在变化里;换另一个角度看,任何在时间之流中的"物",都成了可以刺激我们产生"情"、使我们成为人的条件——我们不可能不感受"物之哀"而还能具体作为人存在。

能作为人,因为我们和天地万物同在时间之流中。时间之流又提供了一项外物刺激我们产生"情"的背景,让我们和万物同在时间中流变，让我们得以不孤单地活着。"人间悲哀"地活着比"人间愉快"地活着有分量、有意义；人和所有一切"物之哀"的相对关系推到最极端，人到达感情的至高阶段，"中心"这两个字就会倒过来，成了"心中"。

于是从本居宣长之后，再由"情死""心中"发展出另一个名词，用汉字写作"相对死"。"相对死"是形成"心中"的必要条件，就是那个呼应、回应你的情感，和你携手联结去死的对象。两个人原本是相对的，两个独立、个别的生命，却在共同去死的行为中取得了一种"绝对的相对性"，将两个生命推到最接近于变成只有"绝对的一"的点上。而这种境界，只有在"心中"的动念与行为中能够趋近，如果活着，两个人必定是相对的存在、隔离的存在，不可能摆脱那样的相对性。

樱花精神

依照本居宣长的诠释脉络，我们清楚看出荻生徂徕其实有两面——作为儒学学者的一面，以及作为近松门左卫门戏迷粉丝的一面。荻生徂徕自己没有区分这两面，但本居宣长却刻意凸显这两面有着不同的来历。儒学、理学来自中国，欣赏、沉迷于《曾根崎心中》的那一面却是来自"皇国古道"。

"皇国古道"是本居宣长的用语，特别强调日本的本土性，和外来的儒学、理学切割开来，进一步主张：日本人不应该是儒学理所当然的继承者，应该回头理解并恢复自身的"皇国古道"。

用来彰显并示范"皇国古道"最重要的文本，当然是《源氏物语》。因此本居宣长花了很大力气对《源氏物语》进行研究解读，借由解决荻生徂徕的两面性，他实质上将"心中"抬高为"皇国古道"的核心元素，作为区别日本人和中国人感情结构的关键成分。

日本人、日本文化有"心中"，而中国人、中国社会里没有这种强烈的情感与相应的行为。于是"心中""相对死"这种特定的死亡形式在日本得到了特殊的、正面的地位，自杀也因而在日本价值观中不是完全阴暗、罪恶、可怕的事，在文化与感情结构上随之得到了不同的安放、平衡，甚至压过了原本对于自杀的负面态度。

从传统美学到武士道再到日本的现代哲学，都给予樱花格外重要的象征地位。要了解樱花的意义，一种方式是拿它来和"椿"（ツバキ），也就是茶花对照。在日本的植物景观中茶花和樱花同样普遍，两种植物开花时间前后相接并有重叠，但在文化观念中，两种花大不相同，甚至可以说是截然相反。

茶花会一直结在树上，从成苞到绽放到枯萎。京都有一个春天赏茶花的景点，很少有观光客，因为赏茶花的时节观光客都挤去看樱花了，而且观光客不会知道这里的茶花有什么特殊之处。鹿王院的茶花盛开时，经过特别悉心处理，放眼望去，树上的每朵花都是丰美的，绝对不会见到发黄变色的。茶花开放时很美，但接着会有很长时间都挂在枝上，逐渐枯萎——那就非但不美，而且是引人不快的景象了。

茶花会公开地老去，像是苟活的老人显露着老态，一直撑着，到最后才咚的一声沉重落地，一点都不优雅。所以鹿王院稍微开始显露枯萎现象的茶花就要被处理掉，才成就了那么特别的茶花道与茶花园。

樱花完全不同。樱花是开到最绚丽的一刻，然后开始飘落，一瓣一瓣维持着美好的颜色随风离枝，形成了同样华丽的"吹雪"景象。很自然地，樱花象征的是那种不要等到老去出现丑态，在年华正好时就离开人间，给人留下同等绚丽印象的生命。

樱花天生开到极盛便飘落，人的生命却不是如此。要模仿樱花，成就樱花式的美学，那就不可能排除在年轻时自己选择结束生命的行为，以坚强的意志拒绝老去，终止生命的老化过程。樱花美学与樱花哲学因此必然会对日本文化的死亡观念产生根本的影响。

"共同体"与"义理"

日本的岛屿地理条件决定了在历史的发展中，小型散居的聚落会成为主体，不容易形成较大的群体。小聚落意味着人与人之间有着紧密的互动关系，必须要有明确的法则来予以规范。日文中将英文"community"翻译为"共同体"，反映了他们社群生活的浓厚"共同性"。一个小聚落就是一个"共同体"，其中的成员被视是为高度同构型的，有着同样的行为模式，有着共同的感情反应。而管辖行为模式与感情反应的，是"义理"，或"人情义理"。

紧密的"共同体"中，个人没有太大的自由，也没有发展异质个性的空间。群体"义理"衍生出种种社会机制彼此加强对于个人的规范。日本有远比中国发达的地方性传说、神话体系，每个村落有自己的神社，有相应的传说、神话将成员包纳进来，更有相关的民俗仪式反复确认彼此的人际联结。

推荐大家看一部漫画，它也曾经在日本改编成电视剧，但漫画的内容比电视剧更丰富些，那是星野之宣的《宗像教授异考录》。宗像教授是一个大热天都要披着大斗篷、长得人高马大、留着光头的民族学教授，他到日本各地去考察传说与民间宗教，常常走一走不小心掉到一个坑里，从里面挖掘出一份日本民俗的重要知识。

读《宗像教授异考录》最容易具体感受到，一直到今天，即使经历了长期西化、现代化的洗礼，日本的传统民间风俗、礼仪的资源与力量，都还持续在发挥社会作用。其中一项作用，也就是维护"义理"，将人与人之间的互动放入严格的框架。

在这样的"共同体"中，必然有集体规范与个体意志的冲突，在日本被视为"理"与"情"之间的紧张。当"情"与"理"不兼容时，大部分的人会选择遵从"理"，按照集体的"义理"行事，但有少数人在更强烈的情感驱使下，对于"情"的坚持超过了"理"，相反地选择了要彻底忠于自己的心，在严密的"义理"笼罩下，他们没有可以离开"义理"活着的空间，于是只能和感情的对象，那"相对者"携手"相对死"，如此完成了"心中"——贯彻自己内心的感情愿望。

在这样的文化价值观中，"心中"背后必然有"情"与"理"的冲突，因而描写"心中"事件的重点，就是凸显这份无法解决的冲突。像是开启"心中"意识的戏剧《曾根崎心中》，明白铺陈了多重的冲突。第一重是德兵卫对继母的家庭责任；第二重是继母替他安排答应下来的婚姻约束；第三重是他去借钱产生的还钱承诺；还有第四重，是他认定和九平次之间的朋友关系。德兵卫被重重的"义理"责任绑得动弹不得，所以要实现对阿初的感情，最终只能诉诸极端的"心中"手段。

顺道一提，"阿初"这个名字有特殊的象征意义。以前台北开过好几家叫作"初"的酒廊，一看招牌就知道是特别招待日本客人的。"初"在日语中的发音是"はつ"，为什么要将"游女"命名为"初"，将有女性陪酒的地方命名为"初"？

那是"初心""初衷"的"初"，意思是这家店里的女性都像《曾根崎心中》剧里的女主角一样，身为"游女"却一直保持着天真烂漫的"初心"，仍然相信爱情，仍然以清纯的态度来对待人，不会变成敷衍客人的老油条。

"赖活"不如"好死"

"理"与"情"的冲突无法解决，人保有感情、忠于那样一份没有被世故磨灭的自尊，唯一的方式只剩下"心中"。因而"心中"在此取得了和武士道中的切腹自杀相同的重要性，那就是以死明志，保护自己的尊严。切腹自杀换得尊严的方式，是刻意选择一般人无法忍受、不敢选择的最痛苦过程；"心中"换得尊严的方式则是找到了"相对死"，表示这份感情是真切的，不是一厢情愿，不是个人厌世，一般人要自杀不可能找得到另外一个人愿意陪着，借着两个人的共同行动保证了这样的死亡有其非常价值——面对"义理"世界，当我丧失在这里存在的资格时，有另一个人能够体会、能够证明我的"情"的真实性。

无论从外在"义理"的标准看，我的生命如何不堪，如果得到了显现自我忠于心、忠于感情的机会，我就能从"相对死"中得到救赎，做到了别人做不到的，也得到了别人得不到的终极爱情。

如此整理"心中"殉情在日本传统文化中的深厚意涵，我们可以更精确地分辨，一些对于太宰治及其作品的通俗看法，是不是值得我们接受、相信。

最简单、常见的一种看法，认为太宰治在很年轻，才二十岁时，就和一个咖啡店的女侍相约殉情，结果女方死了，太宰治却活下来，真是无赖、不堪。而且在事件调查中发现，女人身体里有残余的镇静剂，合理的推测是太宰治劝女方吃了安眠药自己却没吃，难怪将绑住两人的衣带松开后，太宰治可以从海中游回来，女人则淹死了。这同样是无赖、不堪的行为。

然而我们应该将这样的事件，即《人间失格》中描述的，以及太宰治自身亲历的，放入日本传统的"心中"背景，重新理解、重新诠释。

小说中写得很明白，这对男女是在各自都走到人生最不堪的落魄谷底时相遇的。两人在一起的动机，从来都不是爱情，而比较接近互相取暖。女人对男人说："床头金尽你就不露面了，不需要如此，作为女人，我也可以养你。"男人山穷水尽到这种地步，但女人这边也没有好到哪里。小说中的形容是：她连陪酒时都全身散发着一种落拓、败破的气味，让人家不想靠近她。她当然不可能完全没有自觉。

而她还"赖活"着，因为没有自杀的勇气，直到这个境遇比她还糟的男人出现。男人糟到让她提议来养他，男人还不要

81

接受她的供养。于是两个人在这个"义理"世界中保有尊严的最后方式，是彼此可以形成"相对死"，可以不必再忍受生之痛苦，还可以不必孤零零地自杀，向世人证明，或更真切地说是欺骗世人：自己至少还有爱情，还有可生可死的爱情直到生命尽头。

终于有了"好死"的理由，不用再"赖活"下去了，所以由女人提议，男人答应了，两人一起到镰仓去。

"水死"与"切腹"

并不是两个人感情有多深，也不是这个世界有什么巨大的力量阻碍他们的爱情，让他们到镰仓去投海。

还应该进一步了解的，是他们选择的自杀手段在日语中叫作"水死"，关键在于这个"水"字，其意义来自佛教净土宗信念。净土宗也是从中国传到日本的，中国的净土宗虽然信众不少，但在佛教各宗派中地位不高。因为净土宗强调念佛诵经的重要性，主张随时念佛、经常诵经就能在死后前往净土极乐世界。不像在中国高度发展的其他宗派，如华严宗、天台宗或禅宗有精妙的教义，有吸引知识阶层的理论探究，净土宗相对是在一般庶民间流传，后来往往还和道教合流。

传入日本之后，净土宗也因教义简单，重视仪式高过教理，而得到了众多信徒，并更容易和日本传统神道并存，甚至结合，成了佛教的一支主流派别。在日本，净土宗特别突出离去"秽世"的种种法门。"净土"对应"秽世"，从"秽世"通往"净土"需要有洗净清洁的过程。而水，在现实中、在象征层次上，是最普遍、最有效的洗净手段。

在多山多河川又靠海的岛屿环境中，日本文化本来就和水很亲近，净土宗的信仰随之更抬高了水的地位与作用。太宰治三次"心中"都是选择"水死"，让生命陨灭在河里，背后的意念是要两个人绑在一起，彼此携手，通过水的清洁作用，去到另一个世界，那是洗除了现实污秽的净土。

大江健三郎晚期的作品中，有一部小说就叫作《水死》，书名绝对不能翻译成"淹死"或"溺毙"，必须保留日文中的专有名词及其背后的强烈信仰意味，我们才能理解大江健三郎如何通过描写父亲"水死"的过程，来表达对传统日本信仰，尤其是天皇信仰的严厉批判。

很长一段时间中，"水死"是日本庶民自杀时的首选。日本幕府时代初期的武士，例如在《平家物语》中所记录的，也都还是以"水死"的方式自杀。不过到后来，武士产生了新的阶层意识，发明了切腹的仪式，那是特别彰显武士地位的一种死法，庶民没有资格模仿。倒过来，武士也不可以"心中"，因为武士只能有一个绝对的效忠对象，将他的"忠"从主公转移到任何一个女人身上，对武士来说都是耻辱的行为，不可以有，更不可能张扬。

在日本的"义理"世界中，作为一个人而活着，也就是具备"人间条件"不是那么简单的事，而是牵涉历史传统的复杂问题，在现代情境中得不到容易单纯的答案，这是太宰治写《人间失格》的文化背景。

第三章

《人间失格》中
大庭叶藏的一生

三张照片

前面讨论了将《人间失格》视为太宰治的真实"自杀文本",然后换从日本特殊的生死观念脉络来理解《人间失格》,现在让我们还原这部作品为小说文本来看待、解读。

这部小说于一九四八年先在杂志上分成三期连载,连载结束一个月后,太宰治就第三度殉情、第五度尝试自杀,"水死"去世了。在他死后这部作品结集出版,按照原先的连载形式分成"第一手记""第二手记""第三手记"三个部分。

不过在三份手记之外,太宰治加了前言与后记。整部小说的开头,有一篇和手记不同观点、不同口气的描述。这个开头描述了三张照片,不是试图客观刻画让我们似乎可以透过文字看见照片,而是以特别的一个"我"的眼光、主观的感情介入进行描述的。

三张照片各有重点,又有共通之处。第一张是大庭叶藏小时的照片,主观描述特别强调的是这小孩表面在笑,但那表情却又绝对不是笑,不是一个人的笑容。最主要的证据——没有人会一边捏紧拳头一边笑的。

第二张是他青年时期的照片,画面上看来极度矫揉造作,看起来不像真的人,缺乏了作为一个真实的人的分量。第三张看起来像是一个苍老的人,但看过之后只能留下如此笼统的印象，无论如何都没办法记得照片里的人确切长什么样子。甚至会因为无法对应该是照片前景的人像形成明白印象，在看照片的过程中反倒将背景的东西都记得了。

乍看下，这三张照片是小说的开头，但阅读中我们应该知觉的是，在三张照片之前，还有小说标题，标题才是真正的开头。这三张照片扣紧了书名，在形容从"我"的主观看去，存在着这样一个不像人的人，照片显影的明明是个人，却在三张照片中都各自有着严重、致命缺陷，使得画面中的这个人，在人生三个不同阶段，看起来都"不足以是人"。

这是《人间失格》的意义：没有资格作为人，这个人少了一些人的条件。快速有效地，它借由三张照片让我们理解了书名，同时又建立了小说中的问题意识、得以吸引读者好奇的双重悬疑。

第一重是为什么会有这样一个人，从小到青年到成年时，都让人觉得他身上少了什么。在结构上，后面的三份手记也就是铺陈展开了三个主题来说明这个人在不同阶段遇到了什么事，如何在生命中被挖空了部分的性质，以至于无法具备作为人的资格。

第二重悬疑是从解开第一重悬疑中连环产生的更普遍的问题：那到底作为一个人活着所需要的条件与资格是什么呢？到底我们是将什么样的标准贯彻在看照片的眼光中，以至于有了"这个人不像人"的评断？

像神一样的孩子

主观描述中形容看那张小孩照片时，觉得那不是人而是猴子的表情。并不是说他长得像猴子，而是在他的人脸上出现了猴子的表情。接下来，原本的这个"主观"退隐了，换成照片的主角大庭叶藏现身在手记里，以他的告白来继续这项探索。

他的告白从一开始就显现了对于自己不同于一般世人的强烈自觉。他清楚地感觉到自己会害怕"一般人"，因而必须去讨好"一般人"。这里的关键是"一般人"是什么。为什么会害怕"一般人"？所谓"一般人"，依照我们视为理所当然的定义，不就是那些你可以，也必定会以平常心淡漠对待，不会激起任何特殊情绪的人？于是用这种方式，小说挑激了我们平常不会有的根本疑惑："一般人"、单纯是人的人，到底长什么样子？有什么特质条件？为什么我们会认定他们是不必被特别注意的"一般人"？

小说不是结束在三份手记的告白披露上，而是结尾处开头那个为我们描述照片的"我"回来了。后记解释了材料的来源："我"应该是遇到了"第三手记"中记录的那位京桥小酒馆老板娘，从她那里得到了照片和手记。一头一尾用另外一个叙述者将小说内容包起来，除了纯粹形式上的作用之外，太宰治还要创造出这些内容不是虚构，而是具体个人生命实录的性质。

依照"我"的说法，小酒馆老板娘将照片和手记交给他，是要让他拿去当写小说的题材。但后来呈现在我们眼前的，却是没有被改编为小说、原汁原味的手记，还有对于真实照片的描述。也就是他放弃了小说虚构，将材料原样公开，所以"这不是小说，这是真的"，要读者将这些内容当作事实接受。

《人间失格》最后结束在"我"和小酒馆老板娘的对话上。对话内容表示：这是大庭叶藏的真实人生，而且补充了手记里没有的确切时空背景。那是昭和五年、一九三〇年左右发生的事。而后记书写的时间是一九四八年，中间已经隔了十几年。

当然我们对照太宰治的生平数据——他一九〇九年出生，一九三〇年刚好是手记作者大庭叶藏的年纪，在那段时间他念高中，从高中退学，退学之后过了一段浪荡生活。

后记中，"我"充满感性地对小酒馆老板娘说："我相信他将这些手记和照片寄给你，是出于道谢的心情。"老板娘也充满感性地回应："他简直是像神一般的孩子。"整部作品结束在这里。

让我们重新整理一下时间顺序。一九四八年，这个"我"拿到了照片，以及老板娘提供给他当小说材料的手记，他读完了手记，决定不写小说，而是将手记实体拿去发表，所以他回去找小酒馆老板娘，跟她商量，然后才有这段对话。

对话的两个人中，我们对于老板娘如何感受没有足够的讯息可以掌握，然而叙事者"我"却是和我们一样读完了三份手记。因而对话中"我"所说的，很明显提供了对于手记内容的诠释——了解手记作者的一生后，我们应该能体会他去死之前，用这种特别的方式向小酒馆老板娘致谢。

这也是对才读完三份手记的读者的挑战：你有感觉到这样的心情吗？你也是用这种方式理解大庭叶藏这个人的吗？你是暗自点头在心里说"是这样没错"，还是吓了一跳想"有吗？他是这样的人吗"？因为怕读者没有接收到这个挑战的讯息，还加上了老板娘的感叹之语："他简直是像神一般的孩子。"

写手记的大庭叶藏有哪里像是天使吗？手记中他说他一直在讨好世人，在欺骗他害怕的"一般人"，所以这里有一个无法排除的可能性：这位小酒馆的老板娘就是被他骗了，因为他太会演、太会装，以至于她误认为大庭叶藏是一个像神一般的孩子。但这个可能性又不是那么有说服力，毕竟手记是寄给老板娘的，她应该和我们一样，读过了这些手记，知道了大庭叶藏在手记中的自我揭露告白。

前面说了，小说开头创造了双重悬疑，到小说结束时，三篇手记帮我们解答了大庭叶藏是什么样的人，为什么他的照片会给人那样奇怪的感觉；也十分尖锐地刺激、指引读者去发现所谓的"世人""一般人"原来是如此面貌。但到了小说结束时，太宰治却故意多制造出一个裂缝。为什么老板娘会这样描述大庭叶藏？她看到了什么我们没有看到的，是小说里有而被我们忽略的吗？还是小说里没交代的，老板娘从别的地方得到的认知与体会？

小说结束在没有结束、故意结束得不明白的地方。

现代主义中的自剖性质

这部写于一九四八年的小说，具备不折不扣的现代性，是现代小说。现代小说的主题与精神和"自我"紧密缠卷。

手记形式最重要的性质就是自我剖析，这是当时现代主义文学中新兴当道、到二十世纪中期还带着锐气力量的写法。

徐志摩成为中国现代文学最重要的浪漫代表，正因为他成功地从西洋文学中引进了这样一种写法，充分表现了其背后强烈的心理追求。他代表的其实是西方从浪漫主义到现代主义潮流转折过程中的价值观。他的浪漫主义性质表现在像《我所知道的康桥》这样的作品中，但别忘了，当时引发更大回响与模仿潮流的，还有开启现代性的《自剖》。

中国文学传统中没有"自剖"。"自剖"带着内在的现代性精神，将"自我"看作一个问题，"我"是应该被认真探索的问题，要以最认真、最严肃的态度面对这个问题，试图解决这个问题。

不能理所当然地认为：我知道自己，我怎么可能不认识自己？我们平常从自我出发去认识、接触、应对外在世界，以至于往往忽略了最大的问题、最根本的问题其实是"我"。

十九世纪的浪漫主义持续向外追求，去扩张人认知、感受与活动的边界，到了现代主义，将同样的追求动机，由外转内，倒回来探究、拓展内在的边界。现代主义的态度是：原来我们从未好好认清楚人的内在，光问自己是什么，都有那么多过去保持着神秘、晦暗、迷蒙状况的领域。而且一旦逆转，将探求的精神对向自我，似乎就有不断扩大的未知之处引诱我们持续深入。

徐志摩的《自剖》开头说：我是一个活泼好动的人，但为什么这段时间中我失去了活力？这明明是确切发生在自己身上的事，却知其然而不知其所以然，无法对自己解释"我"身上到底怎么了。为了要找到理由，必须有意识地将藏在心灵、精神中的某种因果联结与变化通过解剖般的程序掏取出来。

《自剖》过程中出现了一个关键的疑惑："生活的满足是我的病源吗？"这正是现代主义和传统价值最大的不同之处。活得满足，就是幸福，幸福再好不过，不是吗？然而幸福带来的效果，是让"我"失去了对这个世界的好奇心，满足于活在既有的情况中，没有了作为一个小孩、作为一个成长中的人最重要的特质——好奇、冲动、无法停歇下来。

幸福取消了"我"的活力，反而成了痛苦的原因。于是满足成了问题，是自我继续好奇的障碍，不是可以坐着享受满足，必须找到方法予以克服。自我剖析过程中也显示了不能享受满足的"我"是个问题。不甘于满足，背后跃动的是浪漫主义精神，然而如此坚持探寻"我"，则是现代主义式的行为。

希望大家有机会重读一下徐志摩，不要只记得曾经被选入课本的那几首诗、几篇文章，而是更全面地去体会当年来自西方的现代主义潮流，是如何通过徐志摩进入中国的，产生了多大的影响。这波潮流当然也席卷了日本，而且进入的时间更早、影响的时间更久。

"私小说"与"忏悔录"

"五四"时期的中国新文学中，另外一篇带来巨大社会冲击力量的作品，是郁达夫的《沉沦》。这是另外一篇"自剖"的文章，诚实地分析自我，不过分析理解的方向很不一样。

有一段时间，很多中国青年读到《沉沦》的第一段话，都觉得就是在讲自己："他近来觉得孤冷得可怜。他的早熟的性情，竟把他挤到与世人绝不相容的境地去，世人与他的中间介在的那一道屏障，愈筑愈高了。"

这句话内含的意义，乃至《沉沦》小说中描述的内容，很明显地可以和《人间失格》相呼应。当然不是说这两个作者、两篇作品有直接影响的关系，而是他们同样属于现代主义自我探索浪潮，同样来自日本的"私小说"传统。

两部作品都采用了内在的自省、告白口气，而且是悲观的自我检讨。郁达夫小说的标题是《沉沦》，叙述的重点就是一个人如何在社会生活中不断下降其地位，落入深渊，和世人间的距离愈来愈远，一步步走到世人生活的另一边去了。

两部作品都以这样的人为主角：他们强烈感到自己不属于这个现实社会、不属于这个世界。这样的情绪构成了现代主义艺术的心理基础。为什么要有文学、艺术，什么时候人会需要诉诸文学、艺术的追求与表达？乃至于现代文学家、艺术家最为鲜明的形象，都来自和一般人、一般社会生活的格格不入。

《沉沦》是郁达夫受到当时日本文学影响而写下的作品，中间有很多模仿日本小说的痕迹。影响郁达夫的，最主要是"私小说"那种凝视自我成长经验中违反世俗规范、期许部分的性质，刻意凸显自我曾有过的败德、沉沦行为与体认。

《人间失格》的写法，很像"私小说"，我们可以将这部作品放入"私小说"发展的脉络，当作是半个多世纪以来这个传统中出现的巅峰之作。不过到达巅峰也就意味着这部作品写出了不完全是原先"私小说"模式中能够容纳的其他内容。

"第一手记"开头说："我这一生，尽是可耻之事。"在回顾整理生命历程时，发现能记得的、值得被记录的，都是可耻的事，这种价值观指向了忏悔，采用了西方文学传统中的"忏悔录"形式。

西方会发展出"忏悔录"，留下诸多重要的作品，和基督教信仰密切相关。在教义上，规定了人作为从伊甸园中被赶出的亚当和夏娃的后裔，必定是带有原罪的。依靠着耶稣基督"无罪受难"的牺牲，人才重新取得救赎的机会。而救赎的前提，是你要在上帝面前承认自己的罪，并且誓愿悔改。奥古斯丁的《忏悔录》是这种类型的代表作，告白自己曾经过着追求世俗荣华的纵欲生活，后来幸好认识了上帝，也理解了这种生活的邪恶堕落性质，转而崇奉上帝、真心悔改，以便洗涤自我，免得堕入永恒的地狱。

然而这种文体在卢梭的手中，产生了现代转折。表面上看，卢梭的书名和奥古斯丁的同样是《忏悔录》(*The Confessions*)，书中也同样写了他一生做过的诸多不堪的事，而且也在进行忏悔。然而卢梭却用了很不一样的态度来想象上帝与最后审判。他解释写这本书的目的是在面对最后审判时，可以将这本书呈给上帝，对上帝说："请告诉我，在你创造过的人之中，可有哪一个比我更诚实吗？"

换句话说，卢梭写《忏悔录》可不是要像奥古斯丁那样匍匐在上帝面前求取原谅。他的《忏悔录》是一份敢于拿到上帝面前的炫耀，彰显他具备了其他人没有的特质——真实、诚实，实践了"坦白的美德"，因而不应该被送进地狱里，在天堂应该有一个特殊的位置保留给他。

卢梭的《忏悔录》改变了人对待自己失足过错的方式，而我们从《人间失格》的"第一手记"明白地看出其自剖与忏悔的来历。

一流与二流作品的距离

经典有其超越时间的价值，但任何一部经典毕竟都还是特定时空环境下的产物，因而经典不应该被孤立地阅读，放进前后不同作品的比较中更能掌握其重要性。和之前的作品比较，才能确定经典中有哪些成分是承袭而来的，去除掉既有的套路写法，才知道剩下的哪一些是作者的独特创意发明。缺乏这种溯源的脉络性读法，我们很容易做错误判断。常常会看到一些对经典作品的荒唐评论，夸赞作品里的某些段落、某些写法，却浑然不知作者所处的时代有多少作品都是这样写的、都有类似的段落，如此当然就画错重点，错失作品真正有价值之处了。

另外也要比对后来的作品，那是要衡量经典的影响作用。并不是说影响愈多人、有愈多人在之后仿效的就是愈好的作品，而是从影响的程度上，它让我们能更准确地体会自己在读一部什么样的作品，相应调整诠释与领受的态度。

例如说海明威的小说有着惊人的感染力，而且他的风格看起来那么简单，几十年间出现了许多后继模仿者，从这样的文学史现象我们得以了解，海明威不只是创造了一种前所未见的文字与叙述风格，而且神乎其技地制造出诱人的假象——尽管那么多人以为他的风格很好复制，但事实上成千上万的模仿者中谁都没有达到真正的海明威式小说内蕴效果，即在表面的简单之下，藏着深不可测的不简单。那才是我们应该探索读到的海明威小说价值。

和海明威差不多同时期，同样用英文写作的爱尔兰作家贝克特，相反地很少有仿袭者。他的《等待戈多》独树一帜，很多人根本进不去读不懂，遑论模仿了。还有一些人被《等待戈多》的内容冲击了，却完全不知其所以然，当然也无从追随那样的形式。极少数真正理解贝克特写法的人，通常就能同时深刻地体会其内在近乎绝对不可能复制的性质。

海明威没有比贝克特了不起，贝克特也没有比海明威厉害。然而欣赏这两个人的作品，必须有不同方式，采取不同的策略而有不同的收获。

如果行有余力时，还有经典阅读的进阶准备。那是一种历史性而非文学性的读法。学文学的人读作品，倾向于只读第一流的作品，认为只有第一流作品值得研究分析。读第一流作品大有助于培养品位与眼光，不过只读公认的经典好作品，将永远无法解释这第一流的判断标准是怎么来的。因此学历史、做文学史研究的人，不能不读二流，甚至三流的作品，因为读了同时代的不同等级作品才能够确知第一流作品的杰出之处，和二流、三流作品是如何拉开差距的。一流评价必须在比较中才能变得立体、明确，不只是平面的概念。

太宰治承袭了告白、自剖、忏悔的传统，然后在这里面放入了很不一样的内容。

缺乏生之欲望的大庭叶藏

太宰治放进这个传统里的新鲜成分，是对于人的害怕，从这个特殊角度去推演"我"（大庭叶藏）和"一般人"之间的差别。

手记一开始举出一个荒唐的例子，来写大庭叶藏和"一般人"。大庭叶藏最特别的地方在于从小脑袋中没有实用性概念，不会想到这些事情存在是因为有用。他看到火车月台间的桥梁，他的感觉是好玩；对于地铁，他想到的是大家应该是觉得在地上跑不够有趣，所以故意让火车换到地下去跑。

他认知这个世界的过程中遇到了一个大幻灭，发现围绕身边的这些原本觉得很有趣的事物，家具、用品等等，竟然都是有用的。

这是对照地反讽"一般人"的态度，以人的方式活着就是讲究实用，只看得到、只在乎实用。

接着他又提到自己没有基本的生之欲望。人活着最基本的欲望对象是食物，肚子会饿，必须吃东西才能保持生存状态。但他从小不知道什么是肚子饿，吃饭这件事一直都只是习惯，时间到了就去做，没有觉得非吃不可，也不会害怕没饭吃。

从他的这种态度冷眼去看"一般人"的生活，就产生了一种荒谬可笑之感。早上醒来吃早餐，然后出门换个地方坐下来，没多久又去吃午餐。休息一下和别人说说话看看计算机、手机，接着又去吃晚餐了。再换回家中，看看计算机、手机，又去吃消夜了。

太宰治要让我们看到和我们如此不一样的一个人，认真看待这样的生命会产生什么样的感受与经验。活着对他来说和大部分的人是完全不一样的。他没有觉得，也没办法觉得活着那么重要。从他的标准来衡量，所谓的"正常人""一般人"如此汲汲营营不过是为了能让自己活下去，将活下去看得那么重，愿意费那么大力气在这件事上，很奇怪，甚至不可思议。

因而他不得不疑惑：人怎么会愿意为了能让自己吃、吃得饱、活得下去，而忍受那么多折磨与痛苦？生活上所有的痛苦，根源不都来自人必须活下去？从他缺乏生之欲望的立场，有了我们不会有的一种恐惧。他看"一般人"很像我们看一个每天花三小时刷牙二十次的人，或是每次洗手要洗十五分钟的人。对他们的作为我们会有毛骨悚然之感，因为我们完全无法理解为什么要专注于做那么不重要的事，觉得他们应该是疯了。

我们都怕行为怪异的人，而所谓行为怪异也就是有着让我们无法同意、无法解释的行为模式。在一个从来不觉得吃饭要紧的人眼中，每天如此反复费力找食，岂不是很恐怖？

"正常人"看到被视为疯子的人，很自然会假定他可能有暴力倾向，那我们又怎么能怪他害怕这些愿意忍受痛苦只为了活下去的人会伤害他？"一般人"有力量做这些日常吃饭生存的努力，对他来说极度神秘，也就带来了高度不可预期的威胁。人像一头安安静静躺着的牛，却会突然为了赶苍蝇而用力甩着尾巴，如果不了解牛的动机，那么大一头动物突然的举动当然会让我们吓一跳。

不具备当人的条件

太宰治描述的，是一种最原始的恐惧，不是针对特定事物，不是怕老虎或怕枪炮或怕鬼，而是怕未知，怕自己无法掌握的情况。

大庭叶藏无法掌握人。他自己没有那样活着的冲动，到后来也就不觉得死是那么严重的一回事，他没有那么强大的意志、那么深的执念一定要活下去，他看到的、他能理解的，只有这些"一般人"能够忍耐自己无法忍耐的，反映出他们内在必定有自己身上不具备的特殊力量。

再举一个例子作为对照：见到起乩时的童乩用刀将自己割得鲜血淋漓，或读到欧洲中世纪鞭笞派教徒当众一边走一边反复用鞭子重击背部的记载，你会有什么感觉？

我们会觉得很不舒服，并且引动了恐惧的情绪反应。你自己无法忍受这样的痛，因而必须假定这些人身体中藏着内在的、秘密的力量。从大庭叶藏的眼中看去，"一般人"表面的平静下全都含藏着内在的暴力。不能想象所有的人为了要活着，自私自利地活着而愿意忍受那么多，还能觉得自己活得好好的。自私自利到这种程度，只不过为了活着，这样的人一定具有神力才能如此生活。

他无从知道"一般人"会做什么，也无从琢磨"一般人"不会做什么。任何事情似乎都有可能。对他来说，《人间失格》的"格"，人活着的状态与条件，本身就是可怕的，人为了让自己活下去，不惜忍受一切。不惜做出一切让自己活下去的，叫作"人"。

他不具备这样的条件，所以他从一开始就"失格"了。以这种意识领受"人间条件"的压迫，他只能活成一个最胆小的人。他自觉是加缪名著的书名——"局外人"，和大家都不一样，格格不入，是最彻底的陌生人，所以他选择尽量掩藏自己和别人不一样的事实。

掩藏的方式决定了他的外表。他努力讨好遇到的每一个人，因为每个人都是疯子，都很可怕，绝对不能让他们失控。他不断搞笑，让每个人笑，换来短暂的、一段一段的安全感。

第一张照片反映出这个生存之道，露出笑容，但绝对不是出于快乐，他的心情一点都不轻松。他像是航行在随时可能遭风浪灭顶的危险海域中的小船，只有别人发笑松懈时，他才能短暂解除危机。握拳代表着他永远保持战战兢兢不得放松的态度。

笑是最残酷的事

他自己的"人间条件"如此严酷，要一直显现可笑的言行，让人家发笑，至少当一个人发笑时不会欺负他，他也才会知道如何和这个人建立关系。尼采说："笑是人类生活中最残酷的事；相对地，哭是最温暖的。"

在社会生活中，我们什么时候发笑，大笑？通常都是有人倒霉的时候，引发大笑的，几乎都是某个人的灾难。我们只会对自己不同情的事物发笑。倒过来，我们同情时才流泪，包括经常为自己的遭遇而哭，也是内在反身同情自己。如果发生在自己身上的事无法引起同情，那么我们的反应不会是流泪哭泣，而会是愤怒。

有人遭受重大伤害或损失时，我们会宁愿他哭出来，因为在心理机制上，哭表示同情自己，不会对自己那么严苛，包容了自己，不像愤怒、冷漠反应时那样无法原谅自己。

台湾一直都是一个重视大笑远远超过痛哭的社会。我们先入为主地认为笑比较好，影视主流的效果是搞笑，而且没有不能笑、不应该笑的禁忌界限。

有一件事我多年来一直忘不了。奥利佛·斯通的反战电影《前进高棉》在台湾上演时，我正在当兵，是从凤山放假回台北在电影院里看的。看电影的过程中，让我很不舒服，甚至让我

---

1 系台湾译名。大陆译名为《野战排》。

完全无法理解的，是电影院里一直传出笑声，而且不仅是一两个人笑，在一些场景会有好多人集体笑出来。

斯通绝对没有要拍一部喜剧片。相反地，他要拍一部不断激发观众愤怒情绪的电影。电影呈现美军进入高棉的一座村庄，每个战士都很紧张，因为他们分不出谁是敌人。游击队不会穿制服，表面上和一般平民没有两样，潜伏在村庄里的道路上，却随时可能发动突袭给美军带来极大的伤亡。

当年的《军旅札记》中，我写了这么一段文字：

　　唤作《前进高棉》的电影正在上演。画面进行到干涸的河谷里，美军们发现同伴的尸体捆绑在树上。一个远镜头拉开来照他们无声错落地站在尸体的周围，一片灰晦荒凉。接着是越南小村的戏，美军们带着激愤闯入一个也许存了上千年、朴实的村落。先是猪只在镜头中惊惶乱窜，一名大兵毫无理由地对猪只开枪。戏院里零零落落地响起笑声……然后是大兵们粗野地打翻村内原有的物质秩序，嘶吼着把一个个矮小瘦黑的越南人从房里赶出来。他们的话里夹杂许多字幕没有译出来的字眼。其中有一句话，字幕是这样打的："不要给我装出一副蠢猪样！"戏院里的观众爆出和看《大头兵》时一般热烈的笑声……

　　美国大兵在村子里搜出地窖，大吼着把瑟缩在里面、卑微无言的越南人赶出来。一个越南人还躲在下面。他们

104

不顾身旁先出来的两名妇孺的拉扯，决定向窖里投掷黄磷手榴弹。那是一种沾染上身便持续燃烧，无法扑灭的化学药剂。然后镜头一转，场景换到室内，一个面色蜡黄的中年东方人和他的中年妻子。那人脸上有着东方农人特有的忧伤、沉郁和无从排解的惶惑，像你我的父亲，或者祖父。真的。可是画面上近乎歇斯底里的美国新兵大骂他："你笑什么？！你笑什么？！"我们的观众，又是一场哄笑。美国新兵用自动步枪射击中年东方男子脚下的土地，叫着："跳啊，跳舞啊，跳啊！"那中年人只好跳，为了躲开那些子弹，真正铜质坚硬、打在身上会流血的子弹。我们的观众，看惯了喜闹剧的，又纷纷笑了起来。

后来那中年男子死了。不是死于子弹，冰冷的子弹，而是另一个精神状态不甚稳定的大兵一枪托扫在他脸上，他倒下去，那大兵用力挥舞枪托击捣他的脑袋。摄影机照着一张带着胜利微笑、含杂粗暴表情的白种颜容，斑斑鲜血由下而上喷溅在他脸上，温热的血。他很满足地说："好过瘾，这还是我第一次看见脑浆。"……戏院里，一个女孩的声音轻轻地问："他为什么要杀他？"另一个男声冷冷地回答："因为他是越共啊。"

"因为他是越共啊。"平稳没有表情的声音，带着想当然耳，还有一点理直气壮……电影里有任何一点暗示说那个中年东方脸孔是越共？……

电影继续进行着，美国大兵问村长越共的行踪。他们甚至抓来村长的女儿逼问村长，村子广场边排列着些妇人和小孩。这是导演想直接诉诸人本性中怜悯妇孺的心情，来对照战争的非人性吧。镜头中一个十岁左右的东方女孩，被强有力的臂弯箍得紧紧的，一支上膛的四五手枪抵着小女孩的太阳穴。她号哭、她挣扎。她伸手向绝望的村长、绝望的村民。后来是另一个大兵救了她，也许是良心发现，发现了这整个屠杀事件的荒谬吧。大兵们因而相互殴斗……

我们的观众好像对这场戏大惑不解，甚或是不满。方才那个女声很疑惑地问："他们把村子里的人都杀光不就好了？"……

这是八十年代的一段纪实，多年之后，台湾社会那种对别人的苦难发笑的习惯，要求影视内容一定要有让人发笑的娱乐性的习惯，并没有真正改变。我们仍然肤浅地以为笑是快乐，无法体会哭的深刻感情作用。

"人间"就是谎言

大庭叶藏只能一直不断毁损自己，对自己残酷并激发别人对他残酷，换取别人的笑，来提供自己所需的安全感。他担心惹恼任何人，必须讨好所有的人，于是他失去了最根本的选择权。爸爸要送他礼物，怕得罪爸爸，他无法选择自己真正想要的书，只能接受面具。

延续到他进了中学，为什么第二张照片看起来很做作，而且没有分量？什么时候我们作为人可以有分量？分量所需的"人间条件"是什么？要有分量，首先你得是一个个体，有个性有主见的人。个性就是选择，为了讨好他人而无从选择，一直都要听别人的，这种人不会有个性，也就不会有分量。

这里面有一份反讽与吊诡。大庭叶藏因为无从选择，所以在照片上显得没有分量，不过继续读手记上的种种细节，我们会发现：难道大部分的人，具备"人间资格"的人，以一般的方式活下去的人，就有分量吗？好像也不能如此认定。

小说从家庭讲起，然后讲到了学校。大庭叶藏在学校遇到的问题是：他表现得太好了。学校是一个只认分数的地方，有好的分数，就是表现好。而一旦表现好就会被注意，会增加他对于人的恐惧。

于是他变本加厉地搞笑，除了原本讨好别人的作用之外，搞笑还能让别人看不起他。在考试成绩之外，因为搞笑、捣蛋，他的操行成绩就被打得很低，他不会在别人眼中显得杰出，不需要承担作为优等生的压力。

手记中，他和自我内在对话，承认自己不相信人，对于人性有和基督教徒同样的悲观态度，认定人是带着原罪，是必然会堕落、要堕落的。但他不是基督教徒，他比基督教徒更不信任人。"我怎么能相信人？人就是一团谎言！"

他小时候的经验：家中男仆带他去剧场听演讲，场中私底下每个人都用近乎谩骂的口吻批评他父亲说得很烂，还有另外一位政党知名人士得到的反映、评价一样糟，有人说从来没听过那么无聊的演讲。可是同样这些人，却在到家里来拜访时称赞父亲演说得多好多精彩。

人是虚伪的。这其实不需要太宰治来告诉我们，我们都能意识到人有表有里，表里绝对不可能完全合一。不过小说中告诉我们这件事的，是一个什么样的人？他很诚实，所以受不了虚伪，要点破虚伪吗？明明不是啊！他说"人间"就是谎言，就是欺瞒，而他自己正是一个大欺瞒者，从来不让别人看他的真面目。

他凭什么攻击其他人是"一团谎言"？他不是才在手记中承认自己表现在外的都是假的？他也是"一团谎言"啊！反讽的是，这方面他似乎是"人间"的一分子，而不是"人间失格"。然而重点、精彩的地方，是太宰治要强调的细微而清楚的区别。

大庭叶藏和"一般"虚伪的人的差别在于当他隐藏自己时，内心充满了害怕。"一般人"换上虚伪外表时，没有任何恐惧，视之为理所当然，自在地进出内外，极有自信。大庭叶藏却始终无法摆脱那份心虚，每次欺骗、每次搞笑都很怕会被拆穿。

他遇到了竹一，最特别的经验是当他假装摔倒时，其他人哈哈大笑，竹一却过来戳他："你装的。"让他格外害怕。

恐惧与战栗

不过，即使被拆穿了，又怎么样？为什么他那么害怕被拆穿？并不是因为拆穿会带来什么后果，那是一份更根本的恐惧——他怕会失去能够用来应对这个他眼中住满了神经病的世界的主要工具。处在那么多疯子之中，他只有这么一样自我保护的防卫武器。

他随时都害怕被拆穿，意味着他内在长期处于恐惧与战栗的状态中。"恐惧与战栗"是克尔凯郭尔经典哲学著作的书名，我故意用这个词语来形容太宰治笔下大庭叶藏的人生。他的"人间失格"有一部分来自克尔凯郭尔的哲学，或说呼应了克尔凯郭尔的哲学。

克尔凯郭尔的思想根源是严格的基督新教信仰。新教徒自己阅读《圣经》，必然会对《旧约》中亚伯拉罕的故事留下深刻印象。上帝要亚伯拉罕将儿子以撒作为牺牲祭品，亚伯拉罕并没有做什么坏事、错事，上帝却要他将儿子献出来，要夺走他的儿子。

亚伯拉罕没有告诉妻子，带着儿子去劈柴、弄绳子，三天之后，用自己劈好的柴筑起祭台，将儿子绑了放上去，最后拿了刀要亲自杀死儿子。这时上帝才显现告诉他：停止吧，没事了。

克尔凯郭尔从这个故事延伸出一连串的大问题。第一个大问题：亚伯拉罕可不可以有选择？如果他全无选择，他的行为等于是上帝操控的，上帝要怎么样就怎么样，那上帝又何必给他这个考验？所以亚伯拉罕必然有选择，这个故事才有意义，这象征了人的自由意志，人可以不服从上帝的命令，上帝才要降下最难服从的命令来考验亚伯拉罕。

克尔凯郭尔更特别的，是要认真追问：那三天中的亚伯拉罕在想什么、如何感受？亚伯拉罕受到的考验，其实更接近人生现实。即使信仰上帝，生活中都还是会遭受各种困难，你可以当作是上帝给你的考验，但你无法假定最终的结果一定是上帝会在你杀死儿子前放过你。如果上帝的行为可以被如此猜中，那就不是上帝了。

如果有上帝，上帝为什么要如此考验亚伯拉罕？但如果完全不会出现像这样的考验，生活中的一切都由固定的因果关系控制，那不也就表示没有上帝了吗？克尔凯郭尔从这样的两难思考中得出特殊的结论：上帝要人活在"恐惧与战栗"的状态中，那是上帝最重要的意旨，或换从比较理性的角度看，那是上帝存在最重要的证明。

我们必须承认：作为人，一些我们内在最深刻、最丰富的性质，最有价值的思考与行为，只有在恐惧与战栗的状态中才会被激发出来。上帝要将人放进这样的状态，人才会真正变成人。一个过着安逸舒服、没有恐惧、没有颤抖的生活的人，必定是平庸、无聊的，永远也不会知道自己内在有多少潜藏的能力，更不会显现出非常的、升华的高贵行为。

即便是耶稣都曾经在旷野上经过了四十天，高呼："我的上帝你为什么放弃我？"他被钉上十字架时，是被放在两个盗贼之间，被当作和盗贼同等的人，接受最深的侮辱。那都是恐惧与战栗的考验。

在那种情境中，你不知道该怎么办，经历彻底的恐惧，在恐惧的极致发出无法抑制的战栗。战栗意味着：你必须承认自己的无力，除了颤抖无法有任何行动，激烈的颤抖又使任何行动都不可能，无从仰赖自己的任何思考、智慧，自我彻底毁坏了，才可能产生真正的谦卑。

太宰治不见得直接受到了克尔凯郭尔的影响，然而这样的主题在《人间失格》中表现得很清楚。"一般人"和大庭叶藏最不一样的地方，在于他们（我们）不曾体会过这种恐惧与战栗。自觉"失格"，没有资格做人却活在人之间的大庭叶藏，却是不断处于恐惧与战栗中。吊诡的是，依照克尔凯郭尔的哲学推论，如此他反而才能接近最具体最真实的人的处境。这样一个克尔凯郭尔哲学中认定的"真实的人"，在世俗环境里，他得到的待遇是被轻贱，被认为没有分量、没有作为人活着的资格。

那些"失格"的人

从"第一手记"进入"第二手记"间，太宰治留下另一个巨大的矛盾。

和别人在一起时，大庭叶藏让大家都发笑，制造热闹；但离开了其他人，不在需要讨好其他人的情境中，他是一个最孤独的人。那是出于对其他人的害怕而自主选择的孤独，多重的孤独。他知道自己孤独，而且那孤独是无从排解的，于是他身上总是散放着一份近乎有抽象性的完整的孤独，如此反而吸引了一些女性靠近过来。

不是他去追求女性，而是他拒绝他人的内在孤独气味，吊诡地对女性产生了特别的吸引力。太宰治以很不一样的眼光来看待、刻画女性的情感。

我们平常认定最有女人缘的"情圣"一定是高富帅，但太宰治写了完全对反的典型，他靠着浑身放散出的孤独气味，而且是绝对真实的孤独，让女人愿意靠近过来。这既是在小说中凸显大庭叶藏特性的写法，更是太宰治对一生中遇过的女人了不起的致敬。

他看出了这些女人的不一样之处，在作品中呈现了她们深刻、敏锐的感知能力。她们看男人不是看有没有钱、有没有外表的俊帅相貌，而是在意某种世俗男女情感无法涵盖的恩义。对于那个穷酸到在酒店陪酒的女子、曾经被他抛弃过的静子，以及后来遇到的小酒馆老板娘，他都以带有敬意的方式去描述她们。她们都是在世间有问题的人，但阅读时我们不会因为她们的问题而轻贱她们。太宰治在小说中每次描写这些"失格"的人，都不忘在背后放上对照的暗影，一直浮在那里。"一般人"评判、轻视那些"失格"的人，对自己的"正常"感到很自豪，但这真的有那么了不起吗？真的是这样吗？

自认为有资格作为人活着的人活得比较像人，还是没有资格作为人的人反而活得比较像样？这如同绕口令似的问题，一直在小说中纠缠着。

《人间失格》很受欢迎，但其内容并不是真的那么简单，不能只从"无赖"来理解。其实"无赖派"在日本从来都不只是字面上显现的意思。坂口安吾有来自战后历史反思的"无赖"风格，太宰治有他更根本反社会态度而来的"无赖"态度。《人间失格》中表面上的"无赖"行径，从他无法生活、离开学校，都源于深沉的存在的困扰。或许我们没有这样的存在艰难之感，我们可以庆幸自己没有落入这样的困扰深渊，但我们毕竟还是必须面对制造出如此艰难状态的社会与时代。

一层一层往内，我们不只是旁观大庭叶藏或太宰治的人生，也必定随着小说反身凝视包括自己在内的"人间"。

缺乏分量的人

《人间失格》小说前言中描述了三张照片，其共同之处是照片中的人都不像"一般人"。不过三张照片中显影的，和"一般人"、有资格作为人而活着的人，有着各自不同的距离。

第二张照片的重点在于缺乏分量，对应到"第二手记"要形容的，就是一个人如何将自己活得愈来愈轻，简直像个幽灵似的。他活着的方式没有重量，飘浮在这个人世上。

在日本文化中，"浮世""渡世"是很普遍、很重要的观念，用的是水的意象、联想。也许和他们多湖多岛的自然环境相呼应，日本人对人世的看法带有浓厚的水的意味。无论是"浮世"还是"渡世"都带着不安稳的无常调子，乘舟浮沉，总是算不准哪一刹那是起、哪一瞬间是落。

而要比一般浮在水面般的人生更轻、更飘忽，那么要动用的比喻就会是幽灵与影子了。"第二手记"写的是一个人如何将自己真实、具体的生命，不以"浮世""渡世"的方式度过，而是活成了幽灵或影子般。

村上春树很喜欢用影子做象征。最早在《世界尽头与冷酷仙境》中，他以单数章与双数章轮流描述两个世界，其中有一个应该翻译作"世界终点"的地方，人进入那座城，必须先和自己的影子分离。一位守门人给你一把极其锋利的刀，盯着你仪式性地将自己的影子割开。然后你的影子会愈来愈淡，直到最后完全消失。

到《海边的卡夫卡》中，他又动用了这个比喻。小说里的中田先生在第二次世界大战期间，他九岁时，遇到了一件神秘而无法解释的事，他像是被外星人绑架般去到了另一个地方，回来之后经常挂在口头上的是，"中田先生脑袋不好啊"，而且他的影子变得很淡，和别人的影子很不一样。

后来村上春树得了"安徒生文学奖"，到丹麦领奖时，他发表的演讲题目也是《影子》，讲述我们应该如何面对自己的影子，面对潜藏的自己，可能更黑暗、更神秘、更不容易理解的自己。而如此黑暗、神秘、不容易理解的自己，当然很难符合社会期待，很难合群地存在于众人之中。

村上春树要凸显的是，我们不可能只作为当下的、现实的、具体的人而活着，在此之外还有我们的记忆、我们的梦想、我们的贪念、我们没有实现的阴暗动机，这些被我们刻意抛弃在生活意识之外的成分，是人的一部分，而且往往是极其重要的部分。

令人恐惧的人间

《人间失格》"第二手记"表现出来的，是这样一个以相反方式存在的人。"一般人"看重的当下、现实、具体的生活，对他没那么有意义，更是他无法处理的。相对地，那些"一般人"会在意识中舍弃抛掷开的部分、影子般存在的部分，却随时在他的认知中，让他活成了一个影子、一个别人眼中没有现实分量的幽灵。

他简笔勾勒了自己的青少年时期：必须一直将真实的自我包藏起来，小时候用搞笑来应付，长大一点转而开始捣蛋。这一部分的告白很感人，将陌生与熟悉的现象密切地结合在一起。熟悉的，是许多男生在长大过程中有过的那种叛逆方式，如非常普遍的捣蛋、破坏行为；然而另外有让我们陌生的讯息紧紧包藏在里面——如此看起来大胆妄为的行动，竟然是出自一个人内在脆弱、惶恐的心绪。

延续大庭叶藏和"一般人"的关系，太宰治得以在《人间失格》中刺激读者体认：青少年时期的经验，和成年后最大的不同之处，在于前者需要一再地寻求"自我戏剧化"。无论我们将这样的行为视为叛逆、代沟，还是少年犯罪，都不应该忽略了内在根源性的推动力量。那就是孩子在成长过程中，必然要经历一段迷疑，弄不清楚内在真实的自我和要表现在外的样貌，到底是什么样的关系。

青少年，无论男女，都有着强烈的内心骚动，困惑着该如何表现自我，于是以"自我戏剧化"的方式来摸索、试验。找一些鲜明的外表，打扮、姿态、行为、言谈，刻意夸张来隐藏自我，躲避内在难以捉摸的"影子"。如何可以不看到"影子"，不要面对那份困惑的成长痛？最简单的办法是将当下具体的生命弄得五颜六色，整个像是爆炸开来，没有片刻宁定，热闹的外表遮盖了纠结阴暗的内在。

所以搞笑、捣蛋这些外表带有高度戏剧性的行为在这段时期如此重要。很多人在青少年时期都经历过这样的阶段，然而大庭叶藏的不一样之处，第一是他处在这种"自我戏剧化"情况中的时间比别人都久；第二，他对这样的经验始终带着高度的自觉。

一般青少年在捣蛋叛逆时专注于表面戏剧化的行为，得以掩盖不安的自我怀疑，但大庭叶藏却不断自觉在表演，感受到深刻的分裂。分裂意识又进一步强化了他对于人、"一般人"的恐惧。

在"第一手记"中，他害怕的是人怎么能如此忍耐痛苦而活着；到了"第二手记"，恐惧多增加了一个层面——他不断意识到别人认识的那个大庭叶藏是装扮、表演出来的，于是害怕会被揭露、被拆穿。这样的威胁使得他愈活愈辛苦。

小时候感受的威胁来自不能了解人，害怕让人坚忍活下去的那股神秘力量；长大些，对于人有了更复杂的认识，理解了人又分成很多种。要应付让他如此害怕的"人间"，他必须不断找出夸张的戏剧化行为来和不一样的人周旋，外表的行为愈夸张，人前表演的样貌愈复杂，被拆穿的风险就愈高。

于是恶性循环，愈要不让人看穿他、愈要能和这个世界周旋，就必须演得愈滑稽愈夸张；如此状况下，会露出破绽遭人看破的机会就愈来愈多。他几乎随时都在恐怖的预期中，感觉下一秒钟就会被人家看破了，想到这个可能而起了浑身鸡皮疙瘩。

没有对手

真的有了被揭穿的时刻。被竹一看破了，大庭叶藏只好更小心翼翼地去巴结竹一，但在这里，太宰治藏了一个奇特的对照"潜文本"。大庭叶藏遇到的是"我该如何面对那些会威胁我的人"，一个很根本又很致命的问题。

如果是你，对这样的问题会如何思索、如何选择？

让我们举一个极端的对比例证，那就是海明威以及贯串他生命与文学的选择。对海明威来说，人生之所以值得活，是因为有强大的对手形成巨大的挑战：那对手具备将我碾压过去的力量，但我仍然选择面对，绝不闪躲。海明威要的，他重视的，是对决。他喜欢强力对决的拳击比赛，看棒球时他也认定投手用直球、速球和打者对决才是最好看的，甚至才是对的比赛。

将这种人生哲学表现得最明白的，当然是《老人与海》。海明威认定：人只有找到了一个像样的对手，才能够激发内在

118

的、很可能自己原先都碰触不到的潜藏力量。那可以是肌肉的力量、精神的力量，甚至也可以是道德的，乃至于美学的力量。当对手的存在威胁着你，刺激你不能不回应，自我内在的某种最美好、最高贵的性质才会被激发出来。

《老人与海》是一部形式上非常简单，甚至单调的小说。从头到尾大部分篇幅里只有一个角色，甚至没有对话，而是一个人的自言自语。这样的小说会好看吗？小说之所以精彩，是因为我们竟然得以透过这单一角色的眼光与自言自语，深切认识了他的对手——那只大马林鱼，并且感受到那条鱼是如此值得尊重。

对决的另外一项要件，是尊重对手，而终极的尊重便在于全力以赴进行对决。即使和大马林鱼全力对决的结果是必须杀了大马林鱼，也完全无损于老人对大马林鱼的尊重。

所以小说后来出现了鲨鱼，让我们难过，甚至让我们愤怒。我们难过的，不只是老人最终空手而回，好不容易钓到的大马林鱼被鲨鱼吃掉了，更在于鲨鱼如此偷偷摸摸咬这里咬那里的行径，破坏了老人和大马林鱼对决的尊严。

对照之下，大庭叶藏的生命没有分量，因为他没有对手。他只能想着要更小心地讨好竹一，竟然一次都不曾想过要伤害、除去这样威胁着他的人。这部分，太宰治的写法考验读者是在以什么样的人的素质领受小说内容，你认为应该、可以如何对待你心目中威胁你的敌人？选择讨好敌人，除此之外别无其他念头，不认为有其他可能性的态度，你认为对吗？

大庭叶藏会活得像幽灵一样轻飘飘的，因为他害怕每一个人，同时他也不会对任何人有真正的尊重。手记中出现的每一个人，从竹一、堀木、比目鱼，到和他一起殉情的情妇，不管与他形成什么样的关系，这中间都没有一丝一毫的崇敬或尊重。他心里没有这样的情感，那是使得他的生命如此黑暗的根本因素。

读小说时，我们不得不探寻自己和这样的生命间有多大距离。换作是你，什么样的人威胁你，威胁到什么程度，你心中才会出现"杀了他吧！杀了他吧！"的声音？你认定从来都不会有吗？如果有，那条界线画在哪里？正是在这种地方，读小说让我们有机会以相对安全的方式，随着小说的虚构情境，从不同角度认识自己。

当生存被威胁

好的推理小说，尤其是社会派推理小说，仔细铺陈、探索犯罪动机的好小说，往往就诉诸这样的方式来刺激我们思考。本格派和社会派推理小说最大的差别，在于看待谋杀罪行的不同重点。对本格派来说，死了一个人的重点是展开了凶手和侦探间的斗智：侦探要将凶手找出来，还要完整解释杀人过程、方式；凶手不只杀人，还要想尽办法湮灭证据。但对社会派来说，一桩命案背后必然有一个强烈的动机。

社会派写的推理小说，它也有推理的部分，可是社会派之所以称作社会派，关键在于死了一个人、有人杀了人，他的动机是什么，为什么杀了人。

松本清张最了不起的成就，就是在日本战后的混乱局面中，写了一本又一本的小说，不断向日本人逼问，要他们思索："换作是你，会为了这样的事而杀人吗？"小说家动用他的虚构想象能力，让我们可以不需要真实地以自我存在去接受考验与折磨，而能预先如同亲历般去探索自己到底相信什么。

真实的生活中，我们很少认真思考这样的问题，但我们谁也无法假定这种事绝对不会发生在自己的人生中，最好还是先透过小说测探自己的底线，究竟有什么人、什么事是我们绝对无法容忍的。

大庭叶藏没有底线，没有那种一个人威胁我、逼我到一定程度，我必定会反击，甚至不惜杀了他的想法。他缺乏那份强烈的意志：为了自己能活下去，产生要将另一个人杀死的念头。这呼应了他的特质：无法理解其他人为什么要如此坚持非活下去不可。要产生不惜杀人的意志，背后必定有觉得自己活下去更重要的基本价值意识。

但大庭叶藏没有，被威胁时他只是怕，只能想象被别人加害，从来不会倒过来想：我为什么不先下手解决了他？

阴柔的女性特质

大庭叶藏这种态度，吸引了好些女人。小说在这里一层一层揭露男人和女人的差异。女人，尤其是那个时代日本社会中的女人，不会寻求对决，在这点上，她们和大庭叶藏是一样的，所以能够同情他。她们感知了他的恐惧而温柔以待。进而小说向我们提问：我们真的了解女性看来理所当然的温柔吗？那是女人的本性，还是如同大庭叶藏那样，其实是出于身为弱者的一份恐惧？

大庭叶藏因恐惧而引发的行为，很明显带着女性般的温柔。例如竹一淋雨之后，大庭将他带到家里还帮他掏耳朵。除了澡堂的职业服务外，从来不曾看过男人替另一个男人掏耳朵的画面吧，甚至也很难想象男人替女人掏耳朵。但这就是太宰治刻意要制造的效果，让你感到不安，因而感受到这种温柔不完全是出于爱意的一种弱者特性。

太宰治还特别写了竹一的反应。他用粗鄙的语言对大庭叶藏说："你这样的男人，将来会有很多女人煞到你！"这语言本身故意凸显了阳刚，对比大庭的阴柔，然而同时又表现了一种对于女人的直觉理解。

大庭的举止像女人，然而竹一觉得温柔的男人会特别吸引女人，也就是女人其实没有那么喜欢男性的阳刚，反而带着中性特质，更能让女人亲近。男人往往对阴柔的男人感到厌恶、不舒服，倒过来，女人却比较喜欢带有女性气质的男人。

太宰治在现实生活中，和小说所塑造的角色一样，身边有各种不同的女人。但他绝对不是情圣唐璜，这些女人不是他猎艳征服的成果。加缪分析唐璜时特别点出：那种情圣的生命是空虚的，他需要借着不断的征服来填满其实不可能填起来的空虚。但这样的形象和太宰治或大庭叶藏相去太远了。大庭叶藏连对决的念头都不敢有，当然也不会有征服的冲动。

那他身边怎么会有那么多女人？竹一点出了关键：因为他温柔得像女人。他的生命是低调的，害怕人使他总是战战兢兢地活着，总是温柔地去讨好别人。男人自以为是地去征服女人，然而很多女人其实更希望得到温柔对待。他有男人的身份，却具备女人的阴性来对待女人，让女人自愿靠近过来。

从这样的特别关系投射看去，太宰治写出了对于嫖妓行为的洞见。嫖妓的行为要成立，必须有欲望的一方，以及没有欲望的一方。付钱的男人是欲望的一方，但还要有没有欲望的妓女才能完成买卖。妓女如果有欲望，就不可能接受来买春的男人，她的欲望会使她拣选对象，那么就不可能是直接、单纯的买卖了。进入买卖关系的妓女，因而必须去除了自我的性欲。所以在买春嫖妓的互动中，女性相对是干净清纯的，因为她身上根本没有性欲，无从纵欲，让太宰治（以及大庭叶藏）看到、感知的是强烈的同情，那是和他同样的一种自觉弱者的身份。

妓女是纵欲的彻底对反。虽然世俗概念中嫖妓行为是纵欲的显现，但牵涉其中的女性是没有欲望的。所以才会有黄春明小说《看海的日子》里的那种安排，让白梅成为大地之母的形象化身。作为妓女，她们身上没有性欲，就像未婚生子的圣母马利亚，即使她生下了孩子，都和性欲无关。

金钱与生死

大庭叶藏和妓女之间不是一般的关系。他扮演惯了，就连进入妓院的那种男人外表，都是他演出来的。他应该要看起来像一个有欲望、到妓院去纵欲的男人。但那些没有性欲、必须无条件接受所有男人欲望的女人却能够辨识出来，认出了他和她们一样，也是没有欲望的人。他们都是不以既有世界的欲望、征服逻辑处理自我存在的弱势者。

所以女人，尤其是这种没有欲望的女人会被他吸引来到他的身边。对于和他一起去死的女人，大庭叶藏甚至不太记得她的名字，两人去死之前吃了寿司，他后来牢牢记得的是寿司师傅的脸，而不是一起去吃寿司的女人长什么样子。

那个女人的穷酸，不是单纯来自贫穷困乏，而是一种终极的、绝对的弱者模样，没有任何一点可以撑起作为人的成分。两个人之所以一起去死，不是因为爱得死去活来，而是在这样

124

的冷酷世界中辨认出了彼此，知道对方和自己都属于这种终极的弱势者，茫茫人海中意外地发现："啊，竟然你也在，还有你这样和我同类的人。"他们甚至不是我们一般所说的"底层弱势者"。太宰治借由大庭叶藏要写的是比社会性弱势者更彻底、更本质性的一种人，他们没有办法用平常人存在的方式活着，他们不相信可以那样活着，也没有很高的期待要那样活下去。

我们能够看到、能够辨识出这种人吗？他们藏在社会的角落里。有一些，像和大庭去殉情的女人，身上的本质性寒酸就和社会意义的底层弱势合而为一，以至于我们很容易误会他们是因为现实条件活不下去所以选择自杀。我们认为是社会歧视不给他们活路、将他们逼上绝路，但太宰治和大庭叶藏都不是这样的人。

如果对照读《斜阳》会看得更清楚，太宰治是一个没落的贵族，在社会上并不属于底层人士，不是走投无路的弱势者。他活不下去并不是源自社会性的弱势困境，而是更本质的、更绝对的弱势。

《人间失格》中，大庭叶藏决定去殉情的一项动机，来自去付账时钱包打开来只剩下三个铜板。他感到深深的羞耻，他的羞耻来自发现自己一直到那时，都还抱持着一种富家子的偏见来衡量人应不应该活下去、能不能活下去。换句话说，我们要弄清楚，他并不是到了完全没钱的地步所以要去死，而是他从过去的执迷中醒悟过来：一直认为只要还有钱就不需要、不应该去死，所以是被关于钱的执念阻挡了要去死的选择。

也就是原先一直是从社会性的角度来看生命和贫穷间的关系，只有穷得在社会上活不下去的人才可以去死。但哪有这样的规定牵绊呢？这时他明了了，人就算有钱，还是可以去死，何苦为了钱而困着自己，让自己继续挣扎着活下去呢？

又在这时候遇到了同类的人，更减少了他活下去的动机。本来以为在这个世界上只有我自己跟别人都不一样，活得那么不甘愿，别人什么都愿意忍耐只为了要活下去，所以应该是自己错了吧，只好尽量勉强自己学着和大家一样活下去。然而发现了有和自己一样的人，刺激了他不必继续活下去，不需要模仿、配合"一般人"的自信心。

第一人称主观的矛盾

"第二手记"中大庭叶藏说到他更怕女人，因为女人比男人复杂。这是用手记体第一人称写下来的，带有告白意味，很容易让我们相信这就是大庭叶藏，甚至是作者太宰治的真心话。

小说中选择人称极为重要，即使是同样的内容，用不同的人称来叙述，也会给读者很不一样的感受。第一人称带有高度的散文性，去除了读者对于虚构的防卫心理，将叙述的内容接受为真实的。但第一人称的限制在于，只透过一个人的观点与感受，不可能将事件交代得清清楚楚，会有很多叙述者"我"不在场、无法经验、无法得知的环节，无法合理地写进第一人称叙述中。如果要将事件的来龙去脉交代解释得明白透彻，那最好还是使用全知的第三人称。

第一人称有两个内含的暧昧之处。第一，从个别的"我"的角度看事情，必然掺杂了主观，因而不能就将"我"所说的当作事实，作为读者，我们其实永远无法知道事实，摆脱不了叙述者的主观介入。第二，叙述者不只有他的盲点，还有他的意志，他不只是不可能完全客观，他甚至无法完全避免自我冲突、矛盾，也无法完全诚实。

因此有意识要发挥文学作用的第一人称写法，像太宰治在《人间失格》中运用的，会从叙述中呈现叙述者的复杂性。大庭叶藏在一个地方说：女人比男人更难懂，但没有多远处，他又逆转了自己的说法，指出女人和男人最不同之处，在于女人不懂得节制，遇到他搞笑时，女人要笑就大笑。无法自我节制的女人怎么可能比会节制、会自觉该笑到什么程度的男人难懂呢？

我们很容易就可以理解矛盾评断的来历。前面说女人比较复杂，是依循着一般的刻板印象而来的看法，后面才是来自大庭叶藏的真切体验，因为他习惯于将自我生命夸张戏剧化，所以他会注意到男人和女人接收夸张表演时的反应差异。要逗女人比较容易，她们没有那么多规矩约束，也没有那么深的防

127

卫，在反应上比较直接。

而大庭叶藏之所以要将自己活得像幽灵般没有分量，也正因为他无法像个男人那样有礼有节地行为、表现。回到村上春树运用影子所象征的，那就是除了长在外表的那个具体的人之外，总还有一些隐性的成分被收藏着，藏在暗影中，只有认真面对影子，才能探寻出完整的自己。

美好与怪诞

《人间失格》接下来写到了竹一拿"妖怪画"给大庭叶藏看。什么是"妖怪画"？第一张是凡·高包着耳朵的自画像，第二张画面上是个裸女。看"妖怪画"给了大庭叶藏强烈的冲击与启发。

不要随便给太宰治冠上"无赖派"头衔的另一个理由是他也写过很多怪谈小说。而他的怪谈背后有着比谷崎润一郎、芥川龙之介类似风格的作品更突出的现代性。他心中的"妖怪"，不只来自日本传统故事，也包括了像凡·高这样的疯狂现代艺术家。

看到那两幅"妖怪画"，刺激大庭叶藏去画了一幅自画像。对他来说，"妖怪"就是藏在正身后面、不会轻易被看到的阴暗素质，也就是村上春树笔下的"影子"。他看待"妖怪画"的态度，带着清楚的现代主义美学价值判断。时至今日，在现代的环境中，我们到底要画什么？还要画漂亮的东西？如果到现在还认为画画就是要画得漂亮，那就停留在传统阶段没有长进了。

现代主义的关键态度在于认定绘画应该要有更深刻的用意：要去画出现实中用肉眼看不到、看不出来的真实。绘画和其他艺术一样，都是一种揭露的过程，要让藏着的显像，那就不会都是美的、漂亮的。现代主义观念中格外重视怪诞的表现。

如果大家有兴趣，不妨去找翁贝托·艾柯写的《美的历史》和《丑的历史》两本书对照读一下，就会知道人类思考美的时间有多久，对于丑就同样有了多久的感受。不过比较遗憾的是艾柯的《丑的历史》没有特别解释关于"丑"这件事的特殊现代转折。

现代美术馆里不会只有美的作品，总是一定要展览一些恐怕大部分的小学老师无法欣赏却又必须带小学生去观看的作品，为什么？这些作品背后跃动着一份不断变化的精神，要去创造出自然间并不存在，只能从人为意识中出现的东西；不是依循正常、自然的美感产生的东西，只能存在于不美的事物内部的东西；不能冠冕堂皇显示在世人眼前的东西。

凡·高的自画像和裸女画，都是这种意义上的作品，不符合传统绘画美的评断标准，因而被当作"妖怪画"。裸女表现了原本应该藏起来、不该露出的模样，那凡·高的自画像呢？那里显示的不是一个人长什么样子，而是画出了他作为一个艺术家最特别的风格，捕捉他与艺术之间的内在精神关系。凡·高不只是要画自己，他要画出作为艺术家的自我。

人物画像

portrait 或 portraiture 一般翻译作"画像"，不过在西方文化史上，这种东西有比平常中文中"画像"两个字更明确、深刻的意涵。portrait 或 portraiture 的精神与价值存在了很久，事实上一直到我们这一代才真正消失。

"画像"是画出来的，但即使在照相术发明之后，人们仍然依循着 portrait 或 portraiture 的精神来拍摄人像。我们今天的环境中，一个人一个月可能就拍了两百张照片，里面都保留了你的人像，但画像不是这样的东西。

它产生在人要留下影像极度困难的条件下，可能一辈子就只找人来替你画出这么一张画像。所以要有专业的、具备对的技能的画家，画出一张足以代表你的画像。伦勃朗之所以在美术史上那么重要，一部分的原因在于他打破了原有的画像惯例，在画像中如实地表现出人物的社会性、阶级性。他建立了"画像"的至高典范，要在画面上捕捉一个人的本质。

追求如此呈现人的本质的动机与理想，延续到后来的照相行里。人们选择特别的时日，郑重其事地到照相行拍照，摄影师有责任要在相片中捕捉一个人的风格、精神，好照片与普通照片的差别，由是否呈现了人的本性本质来决定。

即使是在便携相机发明之后，柯达广告上都还是强调拍照是在重要、宝贵、难得的场合，及时按下快门留住美好瞬间影像的行为。那张照片代表了那个场合，捉住了那个场合的流动情绪与意义。

但在大家随时用手机拍照的情况下，一个人一生拍了两万张照片，"画像"就消失了。两万张中不会有任何一张是你的"画像"，没有一张可以代表你。

西方艺术史中对于"画像"极度讲究。《蒙娜丽莎》是一幅"画像"，在卢浮宫里，围绕着《蒙娜丽莎》有几百几千张不同的"画像"！既然千里迢迢到了巴黎，进入卢浮宫就不要只看《蒙娜丽莎》，好好地将周围的其他作品一幅一幅仔细看下去，你就会知道那显示的不单纯是画作，不是颜色与光影，而是对于人的认识与理解。必须先找到一种方式认识什么是人，并且掌握那个时代对于人的种种看法与讲究，才有可能画出那样的作品，在作品中如此表现人。

继承这样的传统，凡·高在自画像中显现的，就是凡·高这个人，画出除了他以外任何其他人都不会有的显影。受到那张画以及其背后的理念刺激，大庭叶藏也试着去画自画像，因而留下了一份特殊的记录，那是他不敢在任何地方透露出来的真实自我。

他的内在真实只保留在这张"妖怪画"中，"妖怪"就是他的影子，阴暗、丑陋面，但丑比美更真实，藏在黑暗中的"不美"更内在。他画了一幅阴沉的画像，阴沉到连自己都不太敢看，因为太真实了。

真正的无赖

画了"妖怪画"之后，大庭叶藏遇到了堀木正雄。堀木正雄对他说："干吗去美术学校学画？我们的老师是大自然。"这是强烈的对比，大庭叶藏在意识上已经进入现代，将自己活成一个阴郁的现代人，而堀木正雄的生命情调却还停留在抒情的浪漫主义里。

大庭叶藏在手记中表示，堀木正雄是他认识的第一个都市无赖。太宰治在这里明确地描述了什么是"无赖"，从而很清楚地对比出大庭叶藏不符合这种"无赖"的条件。他们两人天差地别。

堀木正雄是一个只要在场就一直说话、一直说话，说到绝无冷场的人。不是因为他有很多话不吐不快，从而是他不在意别人要不要听、有没有在听他说什么。堀木正雄这个人从他说的话到他做的事，在在反映出他彻底自我，眼中、心中都没有别人。他的"无赖"来自想怎样就怎样，不考虑其他人，而以这样的标准来衡量，大庭叶藏不可能是"无赖"，太宰治又怎么可能是"无赖"呢？

《人间失格》的"第二手记"中，太宰治创造出堀木正雄这个角色，为了让我们进一步看出大庭叶藏如何缺乏自我。他不只不敢表现自我，甚至不愿去假定、去面对他"可能有自我"。堀木正雄对他来说是个奇观，这个人和他完全相反，永远大刺刺的，永远不必担心其他人。没有自我的大庭叶藏连去买东西都不敢跟人家讲价，全身都是自我的堀木正雄则是杀价专家。两人的对照到达一种荒谬的地步。堀木正雄的自我庞大到让大庭叶藏都觉得钱应该给他花才比较有效果、比较有意义。

"第二手记"中描述大庭叶藏的中学时代，讲的是烟、酒、妓女、当铺与左翼思想，中学生混在这些东西中，是一般读者认定的"无赖"，但并不是太宰治自己认定的"无赖"。

烟、酒、妓女、当铺和左翼思想，是奇怪的组合，反映了重要的昭和史动向。这几样东西自身并没有必然的联结，会共同构成中学生的追求，主要是因为它们都从不同角度具备反抗昭和年间快速兴起的军国主义的性质。

军国主义的一项核心价值，是从武士道而来的修身自律要求，另外要求无条件效忠天皇，并坚决反对共产主义。《人间失格》小说中，堀木正雄带大庭叶藏去参加马克思思想团体，告诉他：我们假装是马克思主义的信徒，不是真的要相信这种东西。不相信为什么要假装？为了赶上潮流，在人前表现出自己是进步青年。

去假扮，一方面对大庭叶藏来说没什么稀奇，他一辈子都在假扮；但另一方面也带来了一贯假扮的担忧——如果被看破了会被赶出来。然而这次假扮左翼革命青年的经验很不一样。堀木正雄很快就没兴趣不再出现了，大庭叶藏却一直混在里面。从来没有人看穿他是假的，以至于他自己愈陷愈深，后来还随身带着一把小刀，作为去执行暗杀任务或自卫防身的武器。

当过左翼青年、搞过革命的人才能深切体会到底发生了什么事。在那样的团体中，一部分人，甚至连当干部、口号喊得特别大声的人，都是"假的"。硬着头皮当干部，刻意将口号喊得那么大声，其实是为了掩饰自己的心虚，怕被看出是假的。很多人都是为了赶流行，表现自己不属于主流而去参加的。

为了摆出叛逆军国主义体制的态度，这种团体必须表现得格外激进，每个人都被迫演出比自己真实感受更慷慨激昂的姿态，其中有些人后来被自己感动、说服了，但还是有很多人只是配合演出。这是革命团体宿命的悲哀现实。

假扮左翼青年

大家可以读屠格涅夫的小说《罗亭》和《父与子》，领受一下十九世纪俄国青年在团体中争先表现虚无的情境，或是读茅盾的《虹》，看他对"五四"时期的中国革命青年的描述。

也可以重读张爱玲的短篇小说《色，戒》，她笔下的王佳芝是"五四"革命青年的后裔，她被自己的爱国情绪感动了，在演戏的过程中太过入戏，就觉得自己应该去抗日，可以去当抗日情报人员。同样地，在扮演勾引易先生的"美人计"角色中，王佳芝又分不清现实与扮演了，错觉易先生真的爱她，在和易先生谈一场生死爱恋，结果送了自己和同志的命。

李安的电影，和张爱玲小说的叙事腔调完全不一样。看李安改编的电影版《色，戒》，观众会被王佳芝的爱国情怀感动，也会觉得易先生真的爱上了王佳芝。张爱玲冷眼讽刺的革命青年扮演到假戏真做，李安却都拍成是写实的了。如果联系茅盾和张爱玲的笔法，你就会明了张爱玲的小说是何等冷冽深刻，李安的电影又如何在精神上远远偏离了原著。

还有一部带着批判眼光写中国左翼青年的作品，是姜贵的小说《重阳》，他写出了一个以革命为名而得以摆脱所有道德伦理规范的群魔乱舞情境，和陀思妥耶夫斯基的《群魔》遥遥呼应。

太宰治在《人间失格》中，将马克思经济学和日本的"怪谈"对应起来。太宰治当然了解"怪谈"的传统，他写过不少怪谈小说，但马克思经济学呢？

和"怪谈"并列，我们明白了马克思经济学、马克思主义、左翼理论对这些青年最大的作用，就是显示了在现实之外，有另外一个世界存在的可能性。这里的关键词是"合法／非法"，而且是广义的"合法",指"一般人"在那个有理有节的世界所遵从的答案和规定之中。而马克思经济学和"怪谈"一样的作用,是将人带离这个有理有节的世界,去追求无理无节的生活,如同姜贵在《重阳》中鲜活描述的那种集体狂乱生活。

不过太宰治要凸显的,和姜贵恰好相反,透过大庭叶藏的参与经验,他要我们理解:"合法"比"非法"更可怕。人会被"非法"吸引,甚至明明不是马克思的信徒也要参加左翼革命团体,一部分是被愈来愈严酷的"合法"规范刺激的。

从大庭叶藏的眼中看去,人最可怕之处,就在于为了活下去可以忍受"合法"环境的拘束、折磨。而女人没有男人那么可怕,因为女人比较不受节制束缚。接受所有节制,符合所有规范而活着,对大庭叶藏从来都是不可思议的。

但其实还是有很多人不可能完全依循"合法"过日子,"合法"愈严密,"非法"的吸引力就愈大。而且"合法"愈严密,"非法"就愈简单,只要是"不合法"的就是"非法","非法"不需要定义,也不需要自身的确切内容,不接受、不忍受"合法"的各种拘束就是"非法"。

"第二手记"的结束

大庭叶藏加入左翼团体的革命行动,要用小刀去挑起暴动。

他原先根本不相信这一套，不是真正的信徒，只是混在团体里。要参加行动当然必须考虑风险，行动的后果很可能是被捕入狱。根本不相信这套理念，却被当作革命分子，为了自己不相信的理念而去坐牢，不是很荒唐、很冤枉吗？

但他转念又想：入狱有什么不好的？"一般人"怕坐牢，我是"一般人"吗？为什么我要学"一般人"害怕坐牢呢？坐牢不是能让我离开人群、离开"一般人"，会有更强的安全感吗？

他以逃避的态度看待入狱。别人认为可怕的事，反而能够让他和"人间"保持距离，躲开让他害怕的人。沿着这个想法再往前一点，很自然就到了那一点：比入狱更彻底的逃避，不就是不要活了？没有必然的道理要一直赖活着，一死了之就成了理所当然的选择。

至此只缺一个触动的元素了：在人海之中让他发现还有和他抱持同等害怕、厌恶"人间"态度的人，那么两个人甚至连名字都不需要记得，更不需要深刻的男女爱情，可以以最真挚的同类、同志情感，互相做伴去死。虽然不是一般认为的那种"心中"关系，却仍然是内在真实的"心中"行动，带有不容否认的情感。

小说的第二部分结束于共同赴死之后，女人死了，大庭叶藏却活下来，于是因"协助自杀罪"被警察讯问。他被讯问了两次，第一次是被一个装模作样的警察，第二次则是警察局长。这两次又是对照。

第一次讯问，警察在意的只有得到有关"非法"的数据，可以交差，顶多在过程中多问出一些男女情色细节意淫一番，并没有真正要追究两人自杀的原因。这太容易了，大庭叶藏东拉西扯配合讲一些警察想听的。但是如果要寻找真正的答案，那就很困难了，是复杂到接近恐怖的一种经验探索、回溯。

他一直在躲避"合法"、有答案、具体的生活内容，以至于必然将自己活成了照片中那个没有分量，如同幽灵、影子的人。

到了第三部，顺应第三张照片的特性，内容聚焦于：一个人如何将自己活得面目模糊，失去了明确的个人样貌。

"世人"是谁？

原先在"第二手记"中只出现了一下的角色，绰号叫"比目鱼"的人，在"第三手记"中变重要了。在大庭叶藏尝试自杀之后，他父亲要求比目鱼帮忙将他关起来。

他进入了比目鱼的家，等于是他第一次经验了正常人家中规律、规则的生活。过去他经历的，是自己的浪荡无序，或酒馆女侍、诈欺犯所过的生活。具体经验了正常人家的生活，给他留下了印象——原来这是另一种穷酸，不是来自物质上的贫困，而是对于生活缺乏想象力产生的拘执，拘执到连吃荞麦面都要偷偷摸摸怕人看到。

比目鱼从正常生活的角度反复质问大庭叶藏："你将来要做什么？你有什么计划？"为什么他不直截了当地告诉大庭叶藏，"你回学校去，交换你爸爸拿钱赞助你的生活就没事了"？因为正常生活要有可以将人绑住的依据，逼你拿出未来计划，你的人生就只能依照这计划走，回过头来用这计划衡量你所做的事，分出明确对错来。还有，在如此逼问的过程中，比目鱼能够取得更高的地位，作为一个审问者而对被审问的人有更强大的控制力。

这是营造出正常生活之高度拘执的方式。这也是正常生活中的不平等权力关系。重点发生变化，不在于大庭叶藏的父亲如何请托比目鱼，而在于比目鱼如何享受并扩大、延长这种日常权力控制。

大庭叶藏受不了，留书出走。但他离开了比目鱼家，没有别的地方去，只能去找堀木正雄。在那里，看到堀木正雄的生活，对照他所说的话，尤其是对于"世人"的讨论，大庭叶藏有了一个重要的领悟。

当我们侃侃而谈"世人"，说人家如何如何时，到底说的是谁？这个世界上真的有复数、集体的人吗？人不都是一个一个过自己生活的吗？作为集合名词的"世人"没有真实意义，"世人"只能是个人，"世人"就是个人。

这个领悟对他如此重要，过去他害怕"世人"，感觉"世人"有那么大的力量与威胁，就是因为将"世人"想象成了抽象的、巨大的集体，现在知道了那样的集体其实只是空相，真正的人都是一个一个存在的，如果要一个一个面对，就没有那么恐怖了。所以，他关于"世人"的图像改变了，增添了面对"世人"的勇气。

他从小一直到此时，持续装扮出"人间模样"活着，最大的动力是对于"世人"的害怕，害怕到他总是不假思索地表现出对"世人"的讨好。小说中"第三手记"里出现的重大转折突破，是他看穿了"世人"的性质，于是对于人间的无名恐惧开始逐渐消退。他不需要再如此本能地讨好所有人，连带地他开始相信自己有其他选择，结束自己生命、不要继续活下去的动机就愈发强烈了。

遇到静子和她的小孩又带来新的刺激。他理解到自己连编造一个自己死后会进入天堂的幻梦的力气都没有，因而离开静子家，二十七岁的大庭叶藏就走向了人生的终点。

明明没有"世人"，只有个人，然而活在这个世界上的人，习惯将个人意见放大改写成"世人"的意见，借此来控制他人。堀木正雄是这样，比目鱼也是这样。控制他人最方便的办法，是将自己隐藏起来，从来不说"我要你这样做"，而说"你看大家都这样做"，把自己放在"世人"里，以多数来压倒对方。

将"世人"抬出来，就是为了创造这种不对等。我和你都是个人，你会质疑为什么要听我的，所以换成用"世人"来对比你的个人意见、个人态度，我就可以振振有词，叫你听"世人"的，实际上是听我的。你是个人，我却不是，我是好多人，甚至是所有人，以此构成权力的控制。

连愤怒的能力都失去

将自己放置在"世人"中，还有一个更普遍的作用——提供存在的安全感。我们经常去想象、揣测"世人"会怎么说、怎么做，乖乖地依照想象调整自己该如何说如何做，让自己失去个人性质，彻底归属于"世人"，如此就不必担心招来"世人"的白眼，自愿放弃作为一个人的个性，以及独特、真实的面貌。

《人间失格》小说第三部分清楚的主轴，就是呈现人如何失去了确切的面貌，如何活得面目模糊无法辨识，以至于照片都无法让观者留下印象。大庭叶藏看穿了这件事，改变了他对人间、对于人类的理解。他原来以为其他人都有内在巨大的力量，这让他极度害怕，但现在他明白了，这些人并不是出于自我选择，在想清楚后决定为了活下去再大的痛苦都要忍受；那不过就是模仿别人，放弃自己，假装是"世人"，他们非但并不存在着坚决的意志，而且愈是装愈是没有了个性、没有了自我。没有个性、没有自我的"个人"，能有什么力量，有什么好怕的？

换一个角度他看到了：人们坚忍活着不是出自什么坚定的意志力，没有什么深厚的蕴藉，纯粹只是因为别人都这样活着，所以自己也就愿意、只能这样活着。变成了"世人"，当然也就没有自己的面貌了。

大庭叶藏不用再害怕，他学会了让自己和"世人"同化，让自己失去了清楚的面貌，如同第三张照片所显现的。他过去的痛苦来自他一直觉得自己和别人不一样，他拼命假装、掩饰，还是会不时露出个别的面貌，装笑的时候手还是会忍不住握着拳头。到了"第三手记"中，他找到了这条真正放弃自我、隐入"世人"的途径。

但同时他的生之意志随之松懈散逸了。他娶了妻子，却目睹了妻子被一个三十多岁的男子侵犯，或自愿和人家发生了关系。这件事发生前，小说中设了一段伏笔，描述大庭叶藏的一份渴望，希望自己能被激怒，能够感觉到强烈的愤恨，显然他清楚意识到自己对活着愈来愈不觉得必要，反映在他连强烈的愤怒都感觉不到了。

他一生无法信任人，总是害怕人，却在这个时候遇到了一个与他彻底相反的女人。良子极度依赖人，也就彻底信任人，连最不值得信任的，像大庭叶藏这种人她也信任、依赖。大庭叶藏无法抗拒这种依赖，才会有这段婚姻，但他无法真正处理两人的关系。那像是回光返照的努力，借由这个女人的出现，大庭叶藏试着再让自己靠近"世人"的生活，试着让自己获得生之意念，渴望自己能够得到某种刺激而有强烈的愤怒。

但他毕竟通不过这终极的考验。到最极端之处，他竟然连发生在妻子身上的事，都无法有强烈感受。照理说，那是双重，甚至三重的刺激，亲近的、所爱的人被侵犯，自己的男性权力被侵犯，或者是遭到了自己信任的亲人背叛，任何一种因素都应该带来追求报复、补偿的冲动才对。或许是自伤的愤怒，或许是为受害者不平的义愤填膺，这样的情绪却都没有出现在大庭叶藏身上，他无法生气，更根本的是，他无法爱任何人，因为他甚至无法爱他自己。

无法愤怒与缺乏爱人的能力，是直接相关的。在发生这件事之前，大庭叶藏正和堀木正雄进行着一段奇怪的对话，从法语、德语中将名词严格区分为阳性、阴性与中性发想，觉得一般日语名词中应该可以分出喜剧的和悲剧的。这段情节在小说中最主要的意义，是标示了大庭叶藏与人之间还有的最后一点点联系，他还能有关于悲、喜的判断，还有兴趣去分辨悲、喜。

《人间失格》真正探索了的，不是一个人如何失去了做人的资格，而是更尖锐地指出我们相信什么是让一个人值得作为人活着的条件。我们应该读到的，不只是这个人的颓废、堕落，而是从他颓废、堕落的过程中辨识，我们认定的"人间条件"

真的有道理吗？或许，这个分三阶段失去"人间资格"的人，他曾经历的，比我们在正常条件下过的生活更真实，触及更广大的人性空间？

太宰治将《人间失格》写成了一部广义上的怪谈小说，从一开始就将大庭叶藏的人生放置在一个"怪谈"的环境中，他从来不觉得活着是那么理所当然的事。这最根本的"怪谈"设定提供了看待社会完全不同的角度，在这么多年后，在不同的国度里，依然具备刺痛读者、引发不安思索的力量。

终局的选择

像太宰治这样一个骚动、无法被放入框架的灵魂，却不幸地活在日本军国主义崛起、笼罩的时代中。在他的时代要选择拒绝世俗限制而活着，比芥川龙之介在大正时期的处境要困难得多。一九四五年日本战败，军国主义的强硬宰制终于退场，让太宰治得以将他过去的痛苦挣扎表现在小说中，然而到这个时候，他已经挣扎得太累了，像小说中的大庭叶藏那样流失了生之意志。他没有足够的力气再去参与战后一套新的世俗生活的形成，继续和其他人一样忍受残败的处境，勉强自己活下去。

所以吊诡地，战争结束后，他匆匆地从人生舞台上退场了，然而在那终局的选择中，他仍然是忠于自我独特生命个性而走下去的。

他坚持作为作家和单纯作为一个人很不一样，作家必须去挖掘出人内在最真实的一面。或许我们会觉得人有光明面也有阴暗面，但请常常记得托尔斯泰小说《安娜·卡列尼娜》开头的名言："幸福的家庭都是相似的，不幸的家庭却各有各的不幸。"托尔斯泰提醒我们：在认识、理解人的时候，光明与黑暗恐怕不是对等的。光明之所以为光明，往往只是因为它是所有人认定的共同答案；而黑暗之所以为黑暗，正因为它不是所有人都能同意、都能接受的。

文学、小说的功能，太宰治一以贯之的贡献，是刺穿我们的舒适保护层，挖掘出我们不熟悉的人的经验与感受，不让我们假装看不见，使我们有机会检讨，是不是缺乏对于人的多元与复杂的足够认识，以至于自我中心地将和自己不一样的人的现象，当作坏的、糟的、黑暗的。黑暗不只是黑暗，黑暗可能比光明更有内容、更丰富，愿意承认这点，我们才开始真正认识人。

太宰治年表

1909 年	出生	出生于青森县北津轻郡的豪门家族，家中排行第六，本名津岛修治。
1923 年	14 岁	父亲去世，进入青森县立青森中学就读，并寄宿于远亲丰田家。
1925 年	16 岁	在中学校友会刊物发表《最后的太阁》，并与友人一同创立同人杂志《星座》。
1927 年	18 岁	进入弘前高等学校就读文科甲类。因仰慕的作家芥川龙之介自杀而大受冲击。同年，认识艺伎小山初代，后来与之同居并订婚。
1928 年	19 岁	创立同人杂志《文艺细胞》，获得井伏鳟二、舟桥圣一等作家的文稿。他也以"焉岛众二"的笔名发表作品《无间奈落》。
1929 年	20 岁	服安眠药自杀未遂。
1930 年	21 岁	进入东京帝国大学就读法文系，深受左翼思想影响。奉井伏鳟二为老师。同年，认识咖啡店女侍田边，相约在镰仓的腰越町海岸跳海自杀未遂，但女方死亡，被警方以协助自杀罪起诉，后获得缓刑处分。

1931 年	22 岁	与小山初代同居，并遭到津岛家除籍。
1932 年	23 岁	参与左翼非法活动，后来向警方自首，脱离左翼运动。
1933 年	24 岁	告别左翼运动后，以"太宰治"的笔名开始创作，在《东奥日报》发表短篇小说《列车》。
1934 年	25 岁	与友人创立同人杂志《青花》。
1935 年	26 岁	发表《逆行》。因报考新闻记者失败，前往镰仓山上吊自杀，又被人救起。同年以《逆行》《小丑之花》入围"芥川赏"，被评审之一的川端康成批评而未获奖，愤而投稿反驳。
1936 年	27 岁	药物中毒住院治疗，出版首部短篇集《晚年》。
1937 年	28 岁	与小山初代相约吃安眠药自杀未遂，事后两人分手。
1938 年	29 岁	陆续发表《满愿》《姥舍》，同年在恩师井伏鳟二介绍下，与教师石原美知子认识、订婚。
1939 年	30 岁	与石原美知子结婚。陆续发表《富岳百景》《女生徒》《叶樱与魔笛》《皮肤与心》等短篇作品。
1940 年	31 岁	陆续结集出版《皮肤与心》《回忆》《女人的决斗》等短篇集。
1941 年	32 岁	出版短篇集《东京八景》《千代女》，同年长女诞生。太田静子初访太宰治于三鹰居所。
1942 年	33 岁	陆续出版《正义与微笑》及短篇集《老海德堡》《女性》。年底母亲过世。
1944 年	35 岁	长子诞生。为创作《津轻》，探访津轻地区，并于年底

完成出版。同年亦出版短篇集《佳日》。

1945 年　36 岁　　出版《惜别》《御伽草纸》。

1946 年　37 岁　　出版《潘多拉的盒子》《薄明》。

1947 年　38 岁　　3 月，次女诞生，陆续出版《维荣之妻》《斜阳》等作。年底与情人太田静子生下一女太田治子。

1948 年　39 岁　　身体与精神状态每况愈下，与情人山崎富荣相约跳玉川上水自杀身亡。同年出版《人间失格》与短篇集《樱桃》。